快餐文学坊报 第二辑·散文

等 待

胡念邦◎著

新疆美术摄影出版社
新疆电子音像出版社

图书在版编目(CIP)数据

等待 / 胡念邦著. — 乌鲁木齐：新疆美术摄影出版社：新疆电子音像出版社, 2013.12 （2015 年 3 月重印）
ISBN 978-7-5469-4386-2

Ⅰ.①等… Ⅱ.①胡… Ⅲ.①散文集 – 中国 – 当代②随笔 – 作品集 – 中国 – 当代 Ⅳ.①I267

中国版本图书馆 CIP 数据核字(2013)第 228424 号

选题策划　于文胜
总　主　编　温　倩
本册主编　王　正

等　待　　胡念邦　著

责任编辑　刘　彤
制　　作　乌鲁木齐标杆集印务有限公司
出版发行　新疆美术摄影出版社
　　　　　新疆电子音像出版社
地　　址　乌鲁木齐市经济技术开发区科技园路 5 号
邮　　编　830026
印　　刷　三河市燕春印务有限公司
开　　本　787 mm×1 092 mm　　1/16
印　　张　11
字　　数　115 千字
版　　次　2015 年 3 月第 2 版
印　　次　2015 年 3 月第 1 次印刷
书　　号　ISBN 978-7-5469-4386-2
定　　价　29.80 元

目 录 | Contents

房 屋

　　让我们对我们曾经住过的屋子终生怀念的都是些什么呢？

　　结婚以后，我们搬过七次家。家，从这一幢房屋转移到另一幢房屋。于是，总有一些什么被留了下来，无法带走。在这里，我说的不是物品。自然，每一次搬家都有一些生活用品弃之不要了，这是令人伤感的事。那似乎是抛弃了家的一部分，抛弃了过往生活的一些证据。有一次，我们决定舍弃那个小书架，是一个竹子做的书架；是我们结婚时，一位同事从四川乘了三天三夜的船，坐了三天两夜的火车和汽车，背回来送给我们的。在荒原上，在那些凄清的日子里，这个装满了书的小书架曾经是我们的温暖，我们的依靠。……最后，它就孤零零地留在了墙角里。整个屋子空空荡荡，只有它自个儿，被抛弃了，默不作声，孤独地立在那儿。从搬进这间屋子，它一直是立在那儿的。要起程了，是一个寒冷的黎明，一切尚在沉睡当中。我看了家最后一眼，关上门，走下楼梯，我一直在想着那个书架。我觉得，只要还没有人住进这幢房屋，这还是我们的家。因为那个书架还在。它不是独自留在那幢屋子里，它带着已逝的时光，带着我们的气息，带着不可更改的回忆，留在那里，守望着那间屋子。

　　可我要说的不是物品，是一些别的什么。

　　是的，有一些东西永久地留在了那些屋子里。哪怕你把所有的物品都拿走，它还是留在那里；哪怕这房屋被拆毁了，它还是留在那里；

即使那里已是一片旷野，它仍滞留在那里，在空气里徘徊，不散不去。不论过去多少年，一到那里，你就能够看到它——哦，是的，它在那里。

房屋是家的形式，也是家的内容。它维系着我们，庇护着我们，抵御着外部世界。那不是冰冷的四面墙，那是我们的归宿。由泥和砖组成的这个房屋空间是我们真诚、温暖而又可靠的托付。你的欢乐，你的微笑，你的烦恼，你的忧愁，你的屈辱，你的软弱，全部可以展示在这个宽容的空间。一年又一年，我们那些正在进行同时又正在逝去的不可重复的生活，就发生在这个空间，消散在这个空间，铭记在这个空间，化成一种我们私人的、感情的历史气息。这种气息是家的气息。我们终生都熟悉它，可我们不能从这间屋子里带走它。

有一次搬家，车已装好，一切都收拾完，已是深夜了。我在屋子中间坐下来，面对空空的房间和墙壁。我觉得，我什么都没有带走，一切都留在这里了。有人说，墙能够把发生的事摄取下来，在若干年后，再重新放射出那景象。这也许是荒谬的。但此刻，这每一面墙都在我面前清清楚楚地展现出几年来的生活——那基调，那氛围，那每一个成员的每一张脸，那一个个怀着憧憬的平平淡淡的日子，令人或高兴，或沮丧的大大小小的生活琐事……对于我来说，这已不再是几面冷冰冰的单调乏味的墙。几年来，在它的怀抱里的这个家庭的喜怒哀乐，都已渗透到墙壁里面去了。即使这几面墙将来被粉刷，被遮盖，它们仍然会潜藏在里面，被秘密保存，使之成为永恒。还有那些门，那些窗，也是如此。

这是很久以前的事了。我们曾经生活其中的那一个一个空间早已被陌生的人，陌生的家具，陌生的声音充斥了。有的房屋也真的不复存在了。我们全家曾经回到那个我们居住过的荒原，寻找故居。那儿已经成为一片空地。当年我们所居住的平房旁边原先是一个大水塘，现在盖上了大楼。我们站在"家"的空地上照相。只是在一瞬间,我闻到了弥漫在空中的那种久违的熟悉的荒凉而又温馨的气味。我就又回到了那个家。当时的家,当时的房屋,当时的生活场景,不再是回忆中的碎片,它们完全被复原了。

新的家,我是说新的房屋,要经过多久才能让我们产生熟悉感,亲切感? 这也许要根据在先前房屋所住的时间来定。那种气息要聚集到一种醇厚的程度,才能产生像老屋那样的气氛。这需要一段时间,也许很长,也许永远达不到。生活是不可重复的,我们应当珍惜在每间房屋里生活的每一分钟。

我的母亲在她八十岁的时候,搬出了旧居。在这栋老房子里,她住了近五十年。现在,不仅房屋被拆掉了,连房屋坐落的那条街也被消灭了。房地产商在拆掉了街道两旁的房屋之后,盖起了一栋硕大无比的楼。那条街,那个家,那间老屋,它的空间如今填充着钢筋混凝土。侥幸的是,有一棵树,街口的一棵梧桐树被留了下来。我的母亲有时会走到这棵树的旁边,看着楼的墙面说,这就是那条街。她的目光穿过坚硬的大理石板和水泥柱子,她在看她的老屋。她说,她常常梦见老屋。她说,她想念老屋。她一直把她如今居住的这套宽敞明亮的房子视为暂栖之地。

母亲和家是不可分的,房屋和母亲是不可分的。在这间屋子里,我们出生、长大;母亲日渐衰老。她的青春,她的激情,她的力量,就在这狭窄的廊道里,在门的拐弯处,在通向厨房的台阶上消耗殆尽了。屋子里遍布母亲永恒的痕迹,是擦不掉的,连时光都擦不掉它。可是,当这一切已经开始的时候,我们的心却不为之所动。我们看不见母亲的青春,也看不见母亲的苍老。我们的心向往着别处。少年离家出走的念头,你是不是也有过? 我当时竟常常为这种若明若暗的想法激动不安,

我设想自己要成为一个有深度、有独立个性的人就应该抗拒父母的爱，就必须走出这所房子，离开这个家。我相信，有一种更为美好和完善的生活在一个遥远的地方等待着我。深夜，我在我那间五个平方的小屋里，常常不能入睡，我放下手中的书，环顾四周，静听着老屋的声音。我听到了远方的召唤。我误以为，我的青春会很长久，我的生命会很长久。这个小小的空间容纳不了我丰富而莫测的未来。

……就这样，有一天，我终于上路了。

就一般的情况来说，房屋要比一代人的生命更长久。有的房屋甚至经历了几个世纪。我说的不是那些古老的宫殿和庙宇或别的被人们称为艺术风景的建筑物，是普通的住宅，一代传一代住下来的那种很老的住宅。这样的老屋我见过。那是一幢四百年前盖的房子，门窗应该是换过了；那不规则的基石，青青的墙砖，厚厚的用海草铺成的屋顶，都是四百年前的。海草是灰黑色的。这是当年的颜色吗？抑或是四百年的风雨染成的？在它的面前，我只能屏住呼吸，静默不语。

这是一种什么感觉？假设你面对一个四百岁的老人会是一种什么样的感觉？

在这幢房子里发生了许多事情。人们谈论最多的是上一辈以及再上一辈人在这幢房子里衍生的故事。那是一些叙述仇恨，残忍，惊恐，和绝望的故事。如今，关于它的记忆，已经亡失；关于它的回忆，已经终止。从这幢房子逃离的当事人，多数已经死去，活着的也漂泊远处，垂垂老矣，不再回来。一切的一切将在某一时刻随着死亡而消散。

老屋沉重而安静地存在着，沐浴在初春的阳光里，微风吹来的依然是泥土的古老气味。我想起了那些从老屋出走的叛逆之子，他们怀着对老屋的恐惧和憎恶，义无反顾，走向一个朦胧的未来。然而，老屋始终在他们的生命之中，一直是他们灵魂的出发点和归宿。对于这一点，他们当初不知道，后来必明白。

你走出老屋,终归又会走进另一幢房屋。在这幢房屋里,曾激动过你的年轻理想已被当作荒诞不经的冒险而消解,你老年人的疲惫却昭示着某种神圣的真理。黄昏来临,你独坐渐暗的室内,默默地等待,在门窗的静寂和微光中,久远的往事倏然而至。于是,你想起了老屋,你感到,有一种难以言明的东西被遗落在老屋里了。如今,你听到了它的呼唤。

我曾经在暮色苍茫中,听到过这种唤声。伴随着唤声,是湿漉漉的青草滑过手指的感觉,是趁着夜色未合,在杂树丛中捕捉纷纷落宿的蜻蜓的紧张心情,是赤足蹚过雨水,想走得更远的强烈愿望……此刻,我又听到了那个呼唤,这是妈妈站在老屋门口的呼唤:天黑了,回家吧。

《青岛日报》1999年11月1日

笛　声

　　有一种笛声已经被我遗忘很久了。是中国的竹笛，又短又细的那种。不是舞台上的表演，是三十多年以前，在深秋和初冬的夜晚，在冷清的门洞里，一个少年面对着寂寥的夜空，面对着荒凉的街道在吹奏。

　　这是一条贫民聚居的老街。在这条街上发生的每一个故事几乎都源自贫穷。我就是在这条街上度过了我的童年度过了我的少年度过了我的青年。在这里，我尝受过饥饿，尝受过寒冷，还尝受过被剥夺被遗弃的那种伤痛。同时，我还享用过另外一种东西。也许可以说，我所享用的是生活里温馨的那一部分，可这样说显然远远不够。很久以后，我才知道，这种东西我很难说清楚，我只有在老街才能享用到它。

　　老街的夜晚是从家家户户粗劣的晚饭开始的。在这条街上，每家每户的食谱几乎都是一样的。每一棵白菜，每一块豆腐，每一滴花生油，每一两玉米面，都是定量供给。可越是这样，我们越是重视对饭菜的品尝。我们总是郑重其事地以极其认真的态度来做来吃这顿清汤寡水的晚饭。常常，饭还没有吃完，天就完全黑了下来。拉亮15瓦的电灯，挂上厚厚的缀着补丁的棉窗帘。这样，家与外部世界似乎就完全隔离开了。不用出门，我也会想象出屋外的荒寒：阒无一人的街道，孤零零的路灯；幽暗的街角，一只猫倏忽而过。所有的门窗在沉睡。深夜在八点钟就已经来临。

　　就在这时，突然，响起了笛声。这笛声不做任何试探，只第一声，就穿透了冷冻的空气。紧接着，一连串响亮、短促、跳跃着的音符组合成欢快的旋律，沿着斑驳的墙壁盘旋而上，响彻了老街空旷而灰白的天空。这是那首著名的民乐曲：《喜洋洋》。

随着欢快的乐曲，一种崭新的洋溢着喜乐气氛的生活骤然间自天而降，老街一下子被这种生活照得明亮通透，仿佛到处是喜气洋洋的喧闹声，有许多人正欢笑着拥向街头。这笛声在房屋与街面之间，在台阶与墙角之间，在树与树之间，自由婉转地回响。这笛声把老街带入了一个神奇之境：乐曲起始的快板，像是轻捷的风，在沉寂的院落吹动，在衰败的门洞吹动，吹拂着老槐树干枯的枝条；随后，乐曲转入慢板，像是温暖的手，轻轻抚摸着破旧的门窗，抚摸着暗淡的灯光，抚摸着老街夜晚的索寞与荒凉。

这是住在和兴里大杂院里的三胜吹的。三胜总是在这样的时刻吹笛子。我不记得他在别的时候吹过笛子；在春天，在夏天，在清晨，在整个白天，我都没有听他吹过笛子。他只在深秋的夜晚和初冬的夜晚吹。在这种季节，几乎每一个晚上，这个矮个子少年准时走出他那不足十平方米的拥挤不堪的家，走下陡峭阴暗的楼梯，站在和兴里冷清的门洞口吹笛子。他从来没有吹过别的曲子，他只吹《喜洋洋》。他每天晚上反复吹奏的只是这支《喜洋洋》。我至今不知道，三胜为什么只在这样的晚上吹笛子，他为什么只吹这一支曲子。

住在这条街的人们都喜欢这笛声，邻居们当着三胜的面对他的吹奏夸赞不已。如果有一个晚上，听不到他的笛声，就会有人去问他。三胜用他灵巧的嘴唇和双手，用一根小小的竹笛，营造出一种非现实的欢乐情绪，契合了老街某种生活感情，这笛声传达出了无望之中的盼望，破灭之后的梦想。也许，没有谁会意识到这一点。然而，欢乐的生活情绪无疑是老街人们每时每刻的所想所求。哪怕只是一晚上，只是一小时；哪怕只是来自一首乐曲的些许抚慰，也足以让他们品味生活的美好。

老街的邻居们，请原谅我说起这一切。

每天晚上我都等待这笛声，倾听这笛声。不仅仅是因为没有娱乐没有书读的日子太枯燥。我从这笛声中还听到了另外一种声音。尤其是当笛声停止，无边无际的空旷重又在老街降临时，这种声音就在我心里嘹亮起来。我始终说不清楚这是一种什么声音。

听着悠扬的笛声，母亲在默默做着手工活——缝制出口的高级羊皮手套。昏黄的灯光把她瘦弱的身影映照在窗帘上，她的手指已经变形；她终日操劳不停。我不知道，今天晚上，老街的窗户上映照出多少母亲劳碌的身影；可我知道，这条街上所有的母亲都和我的母亲一样，一直在坚韧地生活着。

漫长的贫困日子，早已断绝了人们追求物质的欲念，生活的全部意义只在于质朴，在于平和，在于道德，在于真情。这种源自本性的生活让人们淳朴良善，相濡以沫。他们对未来的憧憬更多的是内心美好感情的实现，而不是外部生活利益的获得。老街的母亲们大多不识字，没有正式工作。孩子长大是支撑她们顽强生活下去的唯一情感希望，也是她们唯一美好的追求。尽管每天都要为吃穿的最低需要苦苦筹划，她们却从不奢求物质富有，只期待感情的回报。她们营养不良的面孔，她们不知疲累的脚步，她们不甘示弱的笑声，她们对孩子殷切的呼唤，全部化作了浓郁醇厚的气息，整日整夜弥漫在这条苍老的街道上。这是我们生活历史中不会再有的一代母亲伟大生命的气息。即使后来，我离开了这条街，离开了这座城市，老街的气息也从来没有离开过我。

在那些空洞的岁月里，是这气息在庇护着老街的孩子，滋养着老街的孩子，引导着老街的孩子，让他们懂得，在命运面前，什么最珍贵。

寂寞的夜晚，苍凉的街道，我的老街正如诗句里所说的那样，是"天空崩裂的一道伤口"。三胜，这个在贫穷中长大的孩子面对着这道伤口在吹笛子。他在吹奏《喜洋洋》。喜洋洋的气氛也许本不应属于贫寒的日子，可这乐曲被老街的孩子轻盈地吹奏，它就和笛声一起永远同属这条沧桑而温馨的老街了。

我也曾经是老街的孩子。可今天,我已经不能再回到老街。老街早就被拆毁了。房地产开发商把街道两旁的房屋树木消灭之后,又盖了一幢巨大的高楼。那曾经飘散着母亲气息的街道空间,如今全部变成了可以出售的建筑面积。那条街道永远消失了,那些气息永远消逝了。我再也看不到它们了。老街的邻居都住进了高层商品楼,三胜也不知到哪里去了。三十多年前的那些夜晚,三胜仰面夜空吹奏的乐曲《喜洋洋》据说已经被人买断,不经允许不能演奏。一种发自心灵的自然无欲的欢乐情绪就这样轻易地被收购了,或者说,它是被金钱夺走了。

老街的笛声并没有离弃我。如今,听到这沿着岁月的街道传来的笛声,我明白了被我当初享用而现在已经失去的是什么。这笛声经过了三十多年的储藏,又蕴涵了更多让我说不清楚的东西。近来,我不断地听到它。这声音令我惶恐。这声音令我即使回到了这座城市,却依然像是在异乡漂泊。消失了的老街,你究竟在向我召唤什么?

这往往发生在夜晚。当我走过一条条灯火辉煌高楼林立陌生的宽阔大街,满怀疲惫地走进家门,在我把脸伏向枕头的那一瞬间,我就又看到了老街,听到了那消逝已久的遥远的笛声。这笛声,如今听来,又孤独,又忧伤。

《青岛日报》2000年11月20日

歌 谣

　　我从来没有在书里,在有关收集民间歌谣方面的书里,或者在记载那段历史的书里,看到过这首歌谣。我相信,相对于历史的漫长和深厚,所有记叙它的文字都不过是岁月的一种遗漏。可以说,曾经发生的几乎所有的事情,所有的声音,所有的细节,在发生的同时就已经亡失。更何况,残存的真实记忆在一段时间内也是不许说出口的,而到了可以说的时候,又不想说了。它们被当事人永远地带走了。这样看来,一百多年前写在倾圮的房屋墙壁上的这首歌谣,今天由我再一次写下来,是一百多年前的那个作者想不到的。隐匿于事件未来的种种可能又有谁能测得透呢?

　　第一次听到这首歌谣是母亲背给我听的,她说这是她的母亲我的姥姥在一面墙壁上亲眼所见。后来,在我的一个表哥中学时代的笔记本里,我又看到了他用尖利的钢笔字抄录下来的这首歌谣。他起了个题目,叫做"祖母教给我的歌"。这就证实了歌谣的来源的确是我的姥姥。要把这样一首歌谣告诉两辈人,表明了姥姥对它某种认同的倾向,这种倾向显然也是我表哥的倾向。那是上个世纪六十年代初,我的表哥正在一所有名的学校里读书。他才华横溢,迷恋着文学,经常发表诗作。他能够这样优美地写离别:

　　　　浮萍随着流水去了,
　　　　托着晶莹的泪珠……

在表哥的一生中,学生时代应该是他唯一的幸福时光。我不知道,他是怀着一种怎样的感受在这样一个题目下记录了这首歌谣,也许生活已经让他对歌谣的内涵有所体察。其时,他的祖母,他的母亲,他的父亲,都已黯然离世。关于我的表哥,他一生的经历,可以拍成一部耐人寻味的电影。只是这电影没有故事,没有悬念,没有爱情,也没有显明的主旨。它的全部内容只是一些粗糙不堪的细节,即使有一些温馨的片断,也早已演化成悲凉人生的一种铺垫。在以后的许多年里,他被这个世界抛弃了,他经历的是另一个世界的事情。他与所有认识他的人断绝了音信。后来,我在一个小城镇找到了他。他孤身一人栖居在一间阴暗的小屋里。他已成了一个占卜者,一个年老的占卜者。这就是那首歌谣:

> 荒荒世界乱如麻,
> 自己跌倒自己爬。
> 要人拉,得酒饭茶。
> 平日交了些好朋友,
> 有了难事去找他,
> 他不在家。

相比今天的歌谣,它也许显得有些温和。可我要说的是,这首歌谣是我的姥姥在她家乡的一堵残破的山墙上看到的。需要说明的是,我已记不清,在以下的叙述里,哪些是母亲转述时的原话,哪些掺杂进了我少年的想象:当时,正闹义和团。我的姥姥还是一个少女。那是一次躲避战乱,当人的喊杀声,马的嘶叫声,大刀长矛的碰击声和其他别的声音都归于沉寂之后,我姥姥走出了藏身之处。在一片硝烟和血腥的气味中,她看到了那个正在写歌谣的人。那是一个义和团的战士,是一个中年人。空荡荡的村庄在那一时刻里好像只有他一个人。他满脸胡

髭，身穿一件又脏又破的白色袍子。他用一支毛笔在一面被毁掉了一半的山墙上写着，写完之后，把笔向地上一摔，就撵他的同伙去了。他写的就是这首歌谣。

我曾经在很长的一段时间里困惑不解：为什么不写一些扶清灭洋之类气壮山河的口号？我隐隐感到，在这个真实的场景里，在这首歌谣之外，有某些我们不知道的东西。它属于这个中年人的私人领域，它在他的内心存留已久……据我的姥姥说，这个穿白袍子的人大概算是那个时代有文化的人了。一个参加战斗已嫌年龄太大的乡间普通知识分子，时时置身于焚毁残杀流血死亡之中，他的心灵生活究竟怎样，我们无从得知。可他用家常话一样的语言写下的这首歌谣，却是说尽了人间发生的一切冷漠，说尽了人生处于无助之中的全部辛酸。这一定是他在长期生活中感受到的最大哀痛。这首歌谣似乎与义和团的宗旨无关，不是宣传，也不是鼓动，它是完全个人化了的一种表白。他是在说他非常无奈，他不得不铤而走险。这个不被主流社会接纳的知识分子带着无法抚平的生命伤痕走进了这首歌谣，我每一次都在字里行间里看到了他那踉跄的背影。这不是民谣，这是属于一个人的命运之歌。

谁能想到，过去了一百多年，这歌谣竟然没有蒙上一点儿历史的灰尘。我依然记得，五十年前我第一次听这歌谣时内心的某种领受。我的母亲，我现在知道，她当时所处的生活境地即使一个强壮的男人也难以承受。向着一个年幼的孩子背诵这样的歌谣，是孤立无援的母亲发出的一声叹息。可是，在我作为孩子的有限想象空间里，我过早地接触到了未来存在着的那种不可接受却又必然要来临的东西。这一切，当时在我的心里只能通过歌词所描绘的图画加以完成。这样，我即时的体验就永远是一种咀嚼不尽的惆怅。

"有了难事去找他，
    他不在家。"

　　我的感情关注全部都放在这句话上。我觉得，事情并没有完结，还应该再发生些什么。从那时到今天，这么多年过去了，我还是觉得，这不是最后的一句，这不应该是最后一句。事情没有完结，不应该就这样完结。怎么能这样就完结了呢?

　　这首歌谣无疑在一百多年前的那个少女心里产生了震动。她记得是这样真切。她在以后的岁月里不只一次地背给她的女儿听背给她的孙子听。在我很小的时候，我曾经和我的姥姥生活过一些日子。我的姥姥最后是被饿死的。当时，没有人帮她。没有人能够帮她。

青岛日报2001年6月8日

那些家具

一

家具是属于家的，是家里沉默不语的成员。一开始，只是为了要用它们，看着也好看，就把它们买回来，放在屋子里合适的地方，为人所用。我们整日为生活奔波，忙碌进出，家具一声不响地待在那儿，准备随时为主人安顿疲惫的身体，消解焦虑的心性。日子既久，不知不觉，彼此之间就渐渐滋生出一种相互依存的情愫。

我们不知道，时光之手究竟将什么东西注入到家具里，让这些木制品具有延续生命记忆的功能。人们怀着好奇之心或仰慕之情，到帝王的宫殿，到名人的故居，去看他们生活过的家，在那已成了公共场所的家里随意地转来转去。沉浸于只见来客不见主人的莫名惆怅中，你会隐约看见那个声名显赫的已故者飘忽的身影。其实，你所见到的不过是屋里摆设的一些年代久远的家具，只是因为他在那张桌子上写过文章，在那张椅子上坐过，是在那张床上去世的……这些家具便具有某种神秘的阐释性。与主人同在一起的生活，改变了它们的身份：过去，是与主人起居相伴的侍从；现在，是唯一留存下来的历史见证者。在幽暗和失落中，默默地诉说。

普通百姓，居家过日子，一生的建造就是家的日常生活，家具就是家可见的固定形态。一个家，搬走了家具，只剩下空房子，这个家就消散了。待在一个搬走了家具的家里，就是待在家的废墟之上，待在一个满目荒凉的地方。

十多年前一个秋天的下午,我回父母家,帮他们搬家。整个这一条街都要被拆掉,老屋也将一同被毁。父母在这里住了四十多年,我人生最早的记忆,就是当年搬进这幢屋子那天一些影影绰绰的片断。我们一家六口,在这栋日式房屋里,度过了最艰辛也是最亲密的日子。后来,我和弟兄们各自成了家,搬了出去,父母继续在这儿住。我们不断地回来,回来看望父母,看望老家。现在,这个家到了要与这幢房屋分手的时候了。

所有的家具和物品很快就装上了车,被拉走了。我留了下来,关上临街的门,一个人,独自留在屋子里,最后再看一看这个家。

我从外屋转过狭窄的廊道,进到小里屋,又穿过厨房走到后凉台。到处都空空荡荡,我的心也空空荡荡。我突然发觉,家具没有了,那些几十年来一直固定摆放在房间各处的家具,那些与我们相濡以沫一起度过了艰难岁月的家具,一旦离开了老屋,那个熟悉亲切的家也就随之消失,不复存在了。尽管,家的气味,依然不离不散,飘荡在空无一物的老屋里;家的印记仍旧残留在老屋的各个角落:每一扇窗,每一扇门以及门上光滑的铜把手,布满了往昔生活的擦痕;咯吱作响的木地板,廊道两端的水泥台阶,叠印着父母弟兄和我在各个生活时期走过的脚印;还有那曾经挂满过奖状、照片、年画的墙壁,上面印着家具长期倚靠而留下的黑色痕迹,我清晰地看到了几十年来封存于墙内的那些陈影旧像……

然而,当这一切与家具两相分离,不再相互依存时,原本温馨的生活留痕顷刻化为一片凄凉。

唯有凉台上的那个大水缸还在。母亲临走时,看了它很久,说,把它放在这儿吧。于是,这口打了几个锔子的水缸就被留下了。据母亲说,它是一九四一年来到这个家的。它和那些家具一样,来到这个家的时间比我的年龄还长。这水缸曾给我的童年带来过永难忘怀的欢乐:冬天寒冷的早晨,捞一片冰碴吃,体验一次非同寻常的刺激;夏日炎热

的下午,舀一瓢清凉的水喝,驱除心中吃不到冰糕的伤感;还有水缸里那特有的凉森森青苔一般清新的气味,我常常把头伸进去尽情地嗅,那气味真是妙不可言! 在家里没有安装自来水管的二十多年里,这水缸为我们的生活立下了汗马功劳,它能盛下满满的四大铁桶水,节省着用可以用两天。那时,我还是个中学生,每次挑水,向缸里倒最后一桶水,看着激荡回旋的清澈水花漫出缸沿,我心里会感到万事俱足。是的,这水缸一定会记得,在那些年月里,我们是多么易于满足啊!

此时,整个屋子只剩下了它自己,孤零零地蹲在这儿,委屈地望着我,像是在说,你们就这样把我撇弃了吗? 夕阳的一抹余晖淡淡地从玻璃窗反射过来,最后一次抚摩着它,为它即将与老屋同归于尽而叹息。

面对水缸,我倚着墙坐了下来,久久地看着它。我知道,被水缸储存起来的生活往事,今后只能到缥缈的记忆中去寻找了。

二

最初的家具常常在搬家中被一件件丢弃了,这是没有办法的事。或破裂了,损坏了,不能再用了;或样式过时了,陈旧了,与新的家不相称了。总归会找出充分的理由,下决心把它们换成新的。我们在结婚之后的三十多年里,搬过九次家,每次搬家都会有那么一两件或小或大的家具被我们抛弃了。

第一件是那个左摇右晃的小竹子书架,这是一位朋友送给我们的结婚礼品。他从几千里之外的四川,乘火车,坐船,换汽车,走了几天几夜才背回来。在荒原上,它曾经是我们那个小小的家里唯一一件散发着文化气味的物件。我们把它放在床头后面的墙角里,用一块蓝色的衬布遮挡着它,生怕被人发现放在书架上的"毒草"——几十本中外文学名著。在那个荒蛮麻木的环境里,这个小书架时时提醒我们:不要忘了心中的向往；不要忘了在某一些历史时期，在世界上某一些地方，人类还存在着一种真正高尚的精神生活。后来，它随我们迁居到了城市，我们把它放在新做的书橱旁边；当我们搬到另一座城市时，它被抛弃了。我已忘记了为什么没有把它装上车。那是第五次搬家，是一个冬夜，黎明即将来临，一切尚在黑暗之中。我匆忙地看了它一眼，最后一次关上了家的房门。让它孤零一"人"留在了那间空旷的屋里……

结婚时的半橱，也早已从我们的生活里消失不见了。这是当初家里最显赫、最值钱的一件家具。它曾让我们的家蓬荜生辉。上个世纪七十年代，买这样一个土黄色的做工粗糙的半橱，要花70元钱，相当于一个工人两个月的工资，还须先通过关系，从木器厂讨要一张半橱的供应票，然后，再等通知去取。终于等来了消息，可以去拉半橱了！我们兴奋不已，我借了一辆地排车，妻子非要和我一起去不可。她说，她一定要陪着我，和我一起拉一次地排车。曾有一段时间，我以拉地排车为职业，我夸张地向她描述，在这个道路起伏不平的城市里，干这样的活身心有多么疲惫。她一直有一个心愿：以她的爱补偿我独自一人时尝受过的艰辛，弥补当初因未曾相识而不能与我共患难的遗憾。这次，她终于有机会实现她的愿望了！

木器厂在近郊，我们来回几乎走了整整一天。我架车，她拉边绳。妻子生性浪漫，极富想象力，她很快就进入了假定情景之中，也许是要全力分担我当年的苦难，她铆足了劲拉边绳。不料，那半橱很轻，她常常因用力过猛，反倒把车拉得斜向一边……我们笑了起来，放慢脚步。在春天下午的阳光里，我俩像那每一次并肩散步在荒原小径一样，满心的喜悦，拉着地排车，一会儿爬坡，一会儿下坡，走过了一条条曾经滴落了我无数汗水的街道。我们不断地回头看立在车上那崭新的半橱，在蓝天之下，它漂亮，有气派，散发着树木的清香。这哪里是在拉一个简陋的半橱啊，我们是在拉着我们的家，走向美好的未来。

二十年后，在一次搬家时，我把半橱卖给了收旧家具的，好像卖了

五元钱。

就这样，经过数次搬家，终于有一天，我们发现，结婚时的家具只剩下了两件，是当年最不起眼的：一个床头柜和一个小板凳。

今天，当我一一审视过往生活时，我才感到，这是多么不可思议啊！不只是因为丢弃了结婚时的家具，而是在丢弃时那种无所谓的心情。当初，每一次卖掉换掉结婚时置办的家具，我都毫不犹豫，满不在乎，没有一丝留恋之情，反倒怀着轻松喜悦的心情，误认为那是意气风发不断走向新生活的一种标志。对每一件家具的来历以及围绕着家具所衍生出来的那些美好的生活感情，我是完全轻忽忘却了。我生命的脚步是那样急切，那样匆忙，只知向前看，忘记了生活是从哪里开始的，更没有意识到，丢掉了家具，也就丢掉了往昔生活的一种凭据，丢失了储存情感记忆的一些器具。油漆斑驳的圆桌、翘起了桌面的二屉桌、低矮的小饭橱……就是它们，曾经以崭新的面貌构成了我们尽管简单却无比温暖的家庭场景，收藏了一家人共同品尝过的喜怒哀乐。年年月月，时光流逝，我们相互依存的生活和感情就在其间生成、展开，沉淀为两个人共同的生命历史。假如积存了感情记忆的"物"都不在了，对那个遥远的家的怀念又能依附在哪里呢？

妻子一直希望有一个房间，把所有用过的家具放在里面。这无疑是一件奢侈的事。她一向是这样，保留下我们所用过已不再用的全部物品，都是我们谈恋爱和结婚时买的做的，她一一保存好；还有那些书签、画片、孩子小时候玩的玩具看的连环画等等，有的收藏在箱子里达三十年之久。可要把家具保留下来，没有一间闲置的房子，肯定无法办到。结婚时的铁床，一直没舍得扔，那些拆散了的生了锈的床头、床帮、角铁，放来放去，放到哪里都碍事，放了许多年，终于还是处理掉了。当然，如果要继续使用这些受损的难以使用的家具，那也不堪设想。事情在于它所指向的另一面。也许,人的脚步不由自己定,在没有找到灵魂归宿之前的那些日子里,我们只能随着物质生活的裹挟而去;也许,正是那样一种一方面不得不割舍,一方面又为其所承载过的感情而惋惜的矛盾心情构成了我们人生的无奈。对此,我无法说清。

剩下的两件结婚时的家具,我们将永远留在家里,不再丢弃。床头柜,当初买回来时就是旧的。那时,床头柜是家具中的奢侈品,一般家庭不用,很难买得到。这是我大哥出差到南方特地买了背回来的。他背回了一对,另一个是给我二哥的。看不出这床头柜是哪个年代的,它们放在狭窄的过道里,好像不知是从哪个官宦人家流落到这里,还不适应这个寻常百姓家。它们造型精巧,古香古色;木料结实,厚重。在那个交通不便的年代,大哥千里迢迢一路是怎样背回来的啊!保留着床头柜,就是保留下那远去的温暖记忆。

小板凳,是我父亲做的。父亲在我很小的时候就外出谋生。他67岁退休回家时,我已离开家好几年了。我们从外地回家结婚,70岁的父亲忙里忙外,总想着要为我们做点什么。在我们度过蜜月整理行装准备要回去的那几天里,他为我们钉了两个小板凳。父亲早年在济南第一师范读书,写得一手好毛笔字。做手工活,不是他的专长。可他做得很用心很细致,他像磨墨一样调好果绿色的油漆,刷了好几遍。两个绿色的小板凳,俨然一对"双胞胎"。他送给我们时什么也没说,我也没当回事。其中一个,后来被儿子当"小汽车"拖着跑,把腿拖掉了。散了架的小板凳也不知什么时候扔在什么地方了。

几年前,我们陆续为两个儿子操办完了婚事。前不久的一天,我在墙角突然看到了剩下的这个小板凳。三十多年来,只是在父亲去世之后,我才第一次仔细地看父亲做的小板凳,我抚摸着凳面,才发现是这样的光滑,我不知道父亲是怎样处理的,我从没见过他使用过木刨;板凳腿略显粗糙,显然他认为不需要精加工;果绿色的油漆虽然发暗,却并未剥落。此时,我才感触到了父亲做小板凳时的心。

在艰难拮据的日子里，父亲在儿子结婚时要给儿子做两个小板凳，这样的小板凳已经不再是小板凳。父亲把许多无法说出无须说出的心语都倾注在这小小的板凳里了。

对我来说，这样的小板凳，世界上只有一个。

我和父亲之间很少有直接的感情交流，他一生坎坷，却从不向人诉说他的苦难。自父亲永远地离开后，我最遗憾的是，他那些见证了中国现代史的经历我没有去好好了解，许多该说的话我没有对他说，更不要说去感受父亲的小板凳了。假如日子能够重新开始，我一定要对父亲说：我理解您的心意。爸爸，谢谢您。

三

母亲结婚时的家具居然会一直保留了下来，除了衣柜和脸盆架在一次突发事件中被抢走之外，其余的都在。不论是材质还是做工，它们都算不上贵重家具。可我要是说，我的母亲已经91岁了，这些保存至今的家具是她的陪嫁之物，那是七十多年以前制作的，你就会另眼相看了。我的母亲，年轻时心高气盛，后来她所有的心志都消耗在家里消耗在了孩子和丈夫身上。她像大多数从历史深处活过来的母亲一样卑微地度过了一生。到了晚年，她总是在抱憾自己一辈子什么也没有做成。可我每次去看望她，听她以惊人的精细记忆，讲述她八十多年来经历的那些人和事，我就觉得我所面对的是历史，是一部厚重、珍贵、无可替代的活的历史。其丰富和深刻，堪称一笔巨大的精神财富。相比之下，我几十年的生命经历是那么琐屑、浮浅和庸常！

同样，这些用楸木做的三抽桌、炕桌、条儿、方凳和木箱，不再是普通的家用之具，它们早已被时间演化为形迹清晰的历史，承载着久远时代的诸多信息。我把那张低矮、陈旧的三抽桌摆放在刚做的红木书橱旁边,立即就显示出一种无可比拟的深厚和大气,映衬之下,不论是谁,一眼就看出新书橱的寒酸和浅薄。仔细探究,会发现,在三抽桌暗红的漆色之上呈现出一种新红木家具所没有的难以归类的独有颜色。这颜色,是人手调配不出,也涂刷不上的,那是时间日复一日年复一年熏染上的;这颜色,幽深、凝重、隐忍,从桌子的肌理中渗透出来。假如说历史有颜色,大概就是这种沧桑之色吧。

更大的不同是七十年前的家具里储藏着故事,新家具里没有故事,一个也没有;现在没有,恐怕将来也不会有。或许,那能够产生出令人回肠荡气的故事的年代,已经一去不复返了。

七十多年以前,我母亲十八岁,我的姥爷就开始给她做日后用来作陪嫁的家具。这些家具,是姥爷从集上买来楸树原木,请了河东村的两个矫姓木匠,住在家里做,用了四年的时间才最后完成。其中,更多的时间不是在做,是在等待。第一年春,把原木锯成一页页的木板,为了晾干,等了一年;第二年,矫木匠做了一个春天,做起了六件白茬家具。然后,上第一遍漆;等到第三年春,上第二遍漆;等到第四年春,上完最后一遍漆。

给家具上漆,是我姥爷亲自动的手。他先把家具刷上红的底色,然后开始上漆。我母亲至今清楚记得她的父亲用猪尿脬盛着大漆油家具的情景;她也清楚地记得她当时的心情。我断言她必定是怀着一种憧憬和喜悦,母亲的回答,又一次表明我对那个时代的无识和无知。她说,她没有一点感觉。好像那是为别人做的。上完漆之后,家具放在客屋里,她从未特意去看一看。出嫁,意味着离开朝夕相处的父母兄妹,到一个完全陌生的家同一个完全陌生的人生活在一起;更何况,对那个家和那个人的一切一直到出嫁的前夜还毫无所知,自己完全没有了解和表达意见的权利。在母亲,这是一件不敢想不愿想的事情。

我姥爷和我姥姥的心情我已无从得知。母亲说,在那个年代,在这类事情上,长辈从来不会和女儿交流。我想,父母的心和孩子的心终归

是不一样的,他们秉承了世代延续下来的使命,是否也在寻求一种人生宽慰呢?我的姥姥对我母亲说了这样一句话:那棵救过你命的楸树也做进了你的家具里啦。这句似乎透露着一丝轻松心情的话,让母亲知道了她还不记事时所经历的一次生死瞬间。

母亲一岁时得了一种叫做"卡脖子黄"的病,大概就是现在的白喉,嗓子全部肿死,高烧不退,陷入昏迷。我的姥爷已用秫秸把苇箔扎好,大小正好放下将死的女儿。当地的风俗是,两岁之内的孩子死了不能埋葬,要用布包起来卷在苇箔里,放到村东的河沿上让狗吃掉,下一个孩子就好养。扔之前要查皇历,若不查皇历,扔在了"虎头"方向,狗不会吃,就要挪一个地方,直到被狗吃掉。那时,河沿上随时可见被狗吃剩下的孩子的骨殖。

苇箔扎好之后,母亲仍有气息。按照某种说法,苇箔不能空放着,要捆在树上,那样,或许会在最后时刻将孩子的病转到树身上。一旦转过去,孩子活了,树就会死掉。姥爷到东沟崖自家的地里,将苇箔捆到了他刚刚栽下的一棵楸树上。

与此同时,我姥姥正照着一位亲戚的建议,把牛黄研成粉末,用高粱秸的壳皮吹进了我母亲的喉咙。不多时辰,母亲睁开眼,生命又回来了。她随后的动作,让大人们放下了悬着的心。母亲指着墙上的一幅画,嘴里发出了"咦——咦——"的好奇的声音。

我母亲活过来了,树也没有死去。

十几年后,姥爷把这棵还没有完全成材的楸树伐掉,做进了女儿的陪嫁家具里。

这些家具的哪个部位是由这棵树做成的呢?是炕桌那造型优雅的琴腿吗?是方凳那榫铆依然严丝合缝的横撑吗?我的目光会久久凝视这些已然苍老的家具,猜测着那棵树被加工之后,到底安放在哪一件家具的哪一个位置。姥姥并没有对母亲说,为什么要把这棵树做进家具里。我想,姥爷和姥姥一定相信最终是那棵楸树在冥冥之中保护着女儿,救了女儿的命。把这棵树做进家具里,就是把对女儿长久的祈福放进了家具里;让这棵树陪伴女儿的一生,就能让庇护陪伴她的一生。毫无疑问,陪嫁的家具会比父母更长久地陪伴着女儿。

姥爷姥姥,你们当年的心思是不是像我说的这样?

我的姥爷和姥姥四十多年前在绝望和饥饿中相继死去。我小的时候,曾经与他们住过一段时日,依我当时的年龄,应该记住他们的容颜。可是,后来,我竟然记不起他们的模样了。在那些政治感情高于生命血缘的年月里,他们的形象一直遥远而朦胧,不在我的感情领域之内。所幸的是母亲的家具保存了下来,那棵树保存了下来,那个故事保存了下来,让我凭借着这些可视可感的历史遗存,去辨认我曾经迷失的感情之路,找回被遗弃了多年的亲人。姥爷和姥姥的血流淌在我的血管里,我的生命融汇在他们的生命里,这早已是命中注定,谁也无法改变。

静静的农家院落,春天温暖的阳光;姥姥抱着柴草走向灶间,清癯的脸慈善而安详;厢屋里飘出大漆的气味和木材的清香,姥爷正默默地给家具上漆,他的手粗糙有力,那是他一生持守和勤劳的见证……七十年前的场景,被家具一一保存,今天又一一重现。朴实良善的姥爷姥姥,热爱生活的姥爷姥姥,穿过几十年历史尘埃的阻隔,重又回到我的心里。

这是我的安慰,也一定是他们的安慰。

关于家具,这就是我要说的。如今,在家里,围绕四周的尽是些刚买不多久的新家具,已经几年了,那种陌生感,至今没有消除。我不知道这些家具要和我们一起生活多长时间,才能被接受为这个家的成员。幸亏不同时期购买的家具,或大或小,总有那么一两件被保留下来。让我们能从它们身上找到那些已经消失了的家的影子。我们在这

个家里谈论那些家,怀念那些家。不同的家具在不同房屋里构成的家的不同情景不同氛围,相互之间是不能替代的。正是它们,见证了我们平凡而丰富的生活史。在抵达了曾经一直向往着的未来之后,我才明白,有许多美好的东西其实就在当时。

有时,我会在心里与这些旧家具对话。它们所指向的,是我们这个已建立了三十多年的家的来路;母亲的家具,沿着这来路指向了更远的地方。母亲把三抽桌、炕桌、方凳陆续地送给了我,她知道,我们会很好地珍藏它们。我就是在这些家具中长大的,是它们构成了我关于家的最初印象。小时候,为了试试刚得到的一把小刀有多锋利,我把三抽桌前端的桌边削下了两大块木长条,被母亲痛打一顿。看着母亲心疼地用红钢笔水涂抹在那扎眼的白木茬上,我以为,残缺的这块地方,将会永远这么难看地裸露着。对于一个总感到童年太漫长的孩子来说,怎么也想不到,五十年的时光倏然而去,老年会如此之快地悄然到来。尤其想不到的是,经过时间五十年不断地摩挲,这刻痕竟然被抚平了!用眼睛已难以看到那缺失之处。这真令人不可置信,我甚至怀疑那次恶作剧是否真的发生过。我常常情不自禁地去抚摸它,我摸到的是光滑的边缘,只有浅浅的一条凹陷。我是在抚摸我童年唯一的留痕。在世界上,还有什么比静默的时间有更大的力量在悄悄地改变着我们的一切呢?

我能看出,母亲对她的家具渐渐地冷淡了。如今,她只看重两件家具:一件是我父亲生前睡过的与她的床相对的那张单人床;一件是楸木箱。去年,父亲先她而去了,有邻居来看望她,劝她把父亲的床拆掉。她说,她决不会拆掉,她要每日每时都能够看到这张床。父亲最后几个月整日躺在床上,靠输液维持生命。母亲日夜守着,侍候他到最后一刻。父亲走后,母亲说,她觉得自己突然老了。她走路需要拄拐杖了。如今,她更多的时间是待在床上,也就是说,在更多的时间里,只有父亲的床在旁边伴陪着她。

父亲穿过的衣服她一件也不丢掉。有一天,她打电话叫我回家,要我帮她把父亲的衣服从各个地方找出来,外衣、内衣、单衣、棉衣,新的、旧的,她一件一件亲自叠好,整整齐齐地放进了那只木漆剥落色泽暗淡的楸木箱子里,然后把箱子锁上。

六十七年前的冬天,在母亲出嫁的前一天上午,这只箱子装满了母亲亲手缝制的嫁衣,和那些陪嫁家具一起,抬到了父亲家。

《北京文学》2008年第1期

(获第四届老舍散文奖)

父亲在除夕回家

　　我不知道现在的孩子对过年怀着一种怎样的渴望，或者说他们渴望的心情是不是像我小时候那样。为什么一说到过年就要说到孩子，就要说到小时候？一年365天当中的那一个夜晚和几个白天，被人们在漫长的岁月里，都刻意营造出了一些什么，竟如此吸引着孩子们，一代又一代。

　　如果不过年，也就是说，如果没有了阴历年终结与开始的这种庆贺，那真是不堪设想。那样，对于平民百姓来说，平淡的日子就太漫长了，操劳的日子就太漫长了。还有离别的日子，归期就没有了约定，团聚就没有了默契。在我小的时候，我之所以渴望过年就是，过年，意味着父亲回家。

　　我不记事的时候，父亲就离家外出谋生。是为一家六口谋生。父亲每年只回家一次。这样，在我看来，那个地方真的是太远了。这一点也曾得到过证实，是父亲无意中透露的，他说他回家需要坐六七个小时的火车。孩子对于车速以及两地之间的距离毫无概念，我曾经对我的小朋友说，你知道山东有多大吗，你坐六七个小时的火车，都走不出去！在很多年里，我，弟兄们，母亲，都一致以为父亲干活的地方遥不可及。母亲常说，那是到了天邦外国。那个被母亲称为天外之国的地方，开始叫做潍县，后来叫做潍坊。离青岛150公里。

　　对于离家在外的人，对于有人在外的家庭，过年的情绪铺垫也许更早一些，更多一些，是多了一种等候，多了一种盼望，多了一种幸福的到达。为了那个魂牵梦萦的时刻,人们在冬天最寒冷的日子里动身了。你或许是女儿,是母亲,你或许是儿子,是父亲,你或许是妻子,或许是丈夫。在这个时候,我们都要回家。即使我们人不能回家,我们的心也要回家。对于人来说,家就是归宿;对于家来说,人,就是一切。

父亲只有过年才回家成为我向小朋友炫耀的资本,我对小朋友说,我过年要比你高兴,因为我爸爸回来了。你捞不着这种高兴,因为你爸爸每天都回家。就这样,我盼着过年,父亲只有过年才回家;我一直盼到除夕,父亲总是在除夕那天才回家。现在我会想,除夕那天的车站和车厢应该是空荡荡的,父亲会有怎样的一种心情? 在离开他所忠诚的岗位还没有到家的这一段时间里,在望着车窗外暮色渐浓的空旷的田野时,他是否要回味常年不回家的孤独? 也许,即将与家人团聚所产生的兴奋会冲淡这种孤独感吧。而在当时,在那同一时刻,我所想的只是父亲将带来我所喜欢的东西:爆仗和柿子饼。这是他每年都要带的。

我和弟兄们,一趟又一趟跑到火车站,一趟又一趟地跑回家。我们不知道父亲坐的那列火车几点钟到。火车站一个人都没有,接近傍晚的时候,街上都很少有人了。我们在寒风里来回跑着,享受着这一年一度的欢乐。有一年除夕,天黑了,鞭炮声已经响起,街头巷尾有灯笼点亮,我们失望地从车站回家,母亲已经把饺子包好。我在默默的等待中睡着了。后来,我醒了。是一种气味,是一种感觉,是一种声音唤我醒来。在昏黄的灯光下,在饺子升腾起的热气里,我看到了我一年没有见面的父亲。父亲正俯着身子在看我。爸爸回来了。这个念头在朦胧中飞快掠过,我随即满足地又进入梦乡。就是这一记忆中的画面,在多年以后,让我明白:在那个除夕之夜,我需要的不是爆仗和柿子饼,我需要的是父亲回家。他的身影,他的声音,他的气味,他饱经风霜的面容,是构成这个家和谐的一部分。这是过年不可或缺的一部分。父亲在除夕回家就是欢乐在除夕回家,就是美满在除夕回家,就是缺失的爱在除夕回家。

一年当中最快乐的日子就是过年的日子。几十年与父亲相处的日子全是过年的日子。我们与父亲相处的日子就全部是快乐的日子。母亲曾嘱咐我，你爸爸脾气不好，不要惹他生气。母亲的担心是多余的，父亲在家从不发脾气，也就是说，在那几十年里，我没有看到过父亲生气。我甚至没听见他大声说话。冬天的早晨，我们躺在床上睡懒觉，他就把手伸进我们各自的被窝，一个一个地摩挲。父亲粗糙的手抚摸着我瘦骨嶙峋的脊背。此刻，我又感到了父亲那手掌的温暖。他抚摸了我的一生。

一年当中过得最快的日子也是过年的日子。离别的日子转眼又到了。父亲头天晚上就整理行装，他沉闷不语，神情烦躁。我感到他随时都会发火。不过，那样的事从未发生。父亲从不让我们送他，以至我们长成青年，以至他已进入老年，我们也没有送过他一次。有时，连送到门口，他都不允许。他提着那个简单的提包，走出门，头也不回，很快走到街头的拐弯，背影一闪，就不见了。他不知道我在窗子后面望着他。

因为需要，父亲一直工作到67岁才退休回家。那时，我已经离家在外好几年了。自此，等候父亲在除夕回家的日子从我的生活里永远消逝了。但是，那种长久的期盼，那种转瞬即逝的喜悦，那种淡淡的离情别绪，伴随着年的气息，已成为我永远的回忆，让我拥有了某种独特的人生体验。

有一个问题我一直想问父亲，为什么每年只回家一次，而且是在除夕。我应该是问过他。可又好像是没有问过。也许，是因为他没有回答。即使他回答那是工作需要，你会相信这是答案的全部吗？我不应该去问父亲。那是一个时代。深藏在时代皱折里的那些艰难与辛酸，忍耐和牺牲，在今天是说不清楚的。用任何话语也说不清楚。有些事情，也许永远也说不清楚了。

现在，我和父亲同住在这座城市。过了今年这个年，他就94岁了。他不要任何人照顾，凡是属于他自己的事他都自己做。他每天清晨听半导体，晚上看新闻联播。他因此知道世界上发生的许多你都不知道的重大事件。他当然知道，现在从青岛去潍坊：乘火车，两个小时；坐汽车，一个半小时。单位每年派人来看望他，他因此又知道了单位里的人至今还在说他当年如何敬业，如何勤恳，可这些夸赞他的人，他一个也不认识。

每年除夕，父亲和母亲一早把家收拾好，穿上新衣服，等着我们回家。我知道这种心情，我熟悉这种心情。因此，在除夕，我不会踏上旅游的路途，也不会把父母带到陌生的酒店去聚餐。我们就在家里，守在父亲和母亲的身边，静静地体味着在其他日子里所体味不到的那温馨的一刻。

《青岛日报》2000年2月14日

父亲的信

上个世纪，从五十年代到八十年代，在长达30年的时间里，我与父亲之间的日常联系只有书信。

父亲外出谋生时，我还不记事。他每年只回家一次。所以，我幼年记忆中的父亲永远是一个陌生人。后来，他一年能回来两三次，每次顶多住四五天。这些天是母亲，是我和弟兄们一年当中最宝贵最快乐的日子。然而，惊喜瞬间化为惆怅，像一阵风，倏忽来去，父亲似乎只是转了一个身就离去了。父亲的信重新替代了父亲。每当父亲来信，我就觉得是父亲下班回家了。

其实，父亲工作的那个城市——潍坊——离青岛只有150公里，现在只需一个多小时的车程。那时坐火车要六个小时，信要走两三天（没有快递）。一去一来，看到父亲的回信最快也要一周的时间。约莫父亲的回信应该到了，每天近午时分，母亲就从窗户向街上看，或者站在门口，巴望着邮递员的到来。母亲曾跟我的大舅上过几年私塾，能看父亲的信，并能给父亲写信，这成了她一生中最为得意的事。现在，母亲一陷入当年的回忆，便会自言自语地说：那时我要不会写信该怎么办呢？

在艰难而漫长的日子里，信，成了家与父亲，父亲与家的唯一接触。生活情态，感情诉说，孩子的成长，亲人的叮咛，委屈和苦恼，心愿和盼望，都只能托付在几张薄薄的纸上……

我上初中时，开始给父亲写信。少年志趣高远，不屑于家长里短，说到家事便一笔带过，那些构成家庭生活的大量情节和细节，常常被凝练成"一切如常"四个字。父亲来信说,写家信和写文章不同,不能简洁,越絮叨越好。后来,当我也离开家去了外地,信件成了我与家的唯一联系,才明白了父亲为什么要这样说。对于寻常百姓,日日发生的家庭琐事,是亲人之间维持亲密关系的基本元素。正是它们,才让一个家氤氲着人间烟火的温暖气息。我能想象出当年父亲反复看家信时的样子,他会从每一个字里去想象家的情形,体验家的感觉,寻找那些没有写出来的家的信息。对他来说,家信就是家的全部啊。

然而,相对于家的丰厚,家信的意义,或许更多的是一种象征,一种安慰。一封信所传递出的家的信息真是太少太少!多年以后,我才发现,几十年间,父亲和我们各自的日常生活,相互之间原来一直是茫然不知的。更何况无论是父亲,还是母亲,在信中都报喜不报忧。他们清楚对方的困境,从不诉说自己的艰难,不愿给对方增加负担。

我十岁时,在一次冒险中磕破了脸颊,感染了破伤风,整个脸迅速肿了起来,连续几天高烧不退,人已昏迷,母亲给父亲写信说,孩子可能不行了,回来看看吧。信发出去后,母亲从邻居那里得到一个偏方:用蜂蜡可以治。母亲把蜂蜡搅在面里做成疙瘩汤,让我喝下,当天夜里,我便消肿退烧。清晨,母亲急忙给父亲写了第二封信,说,孩子好了,你工作忙,不要回来了。两封信几乎同时到达,父亲没有回家。

每当说起这件事,母亲就说:要是像现在这样方便,打一个电话,你爸爸就回来了。

那时也有公用电话,设在几条街之外的一个烟酒小铺,叫传呼站。打长途,不只是贵,还很费事。须经两地总机的转接,先拨通本地总机,扣上话机,再等总机打过来,往往等了很长时间,最后等来的消息是接不通。

与父亲通长途,记忆中只有一次。那天,一位老者走得气喘吁吁,来叫母亲去接潍坊来的长途,母亲跟着老者,我跟在母亲后面,等走到小铺,电话断了。我和母亲久久望着挂在墙上的电话,铃声始终没有响

起,临走时,母亲不得不心疼地交了五分钱的传呼费。

父亲1973年退休回家,我已在两年前离家去外地工作了。在此后的十几年里,我仍然继续着与父亲以信相处的日子。不同的是,父亲的信来得很及时,我的回信却常常拖几天甚至十几天。有一段时间,我不知在瞎忙些什么,直到家里来了第二封信,才想起上一次没有给家里写回信,正好有同事去邮局,就让他替我先汇30块钱回去,"以释远念"。不料,一周后,父亲来信说:你母亲收到汇款单,看到是陌生的笔迹,心急如焚,夜里难以入睡。你一定是发生了什么事,连寄钱都让别人代替了。我顿感事情的严重:回信至少要走三天,这三天母亲急出病来怎么办?拍电报反更加深父母的不祥猜测。我当即向领导请假,赶到火车站,坐了七个小时的火车回家,晚上进门,母亲一见我就哭了。

这样的故事已经永远留在了上一个世纪。如今,93岁的母亲最感叹的是通信的大变化。每接到孙子、孙女从国外打来的电话,她都要问一句:你那里是白天还是黑天?她明明知道,还是要问。与其说她要得到证实,不如说她是想再一次享用惊讶之中的喜悦。一放下电话,她就自语道:隔着这么大老远,声音怎么会这样清楚。她一直称这令她不可思议的事为"奇事"。对电脑邮箱,她更不明白了。我打开电脑,让她看小儿子从多伦多发来的信,对她说:这是你孙子几秒钟之前写好发过来的。她盯着电脑屏幕,满脸困惑,一言不发。也许,她在猜疑,这些不是用笔写的字怎么会是信呢?也许,她又回想起很久以前那些盼信的日子。

儿子在我当年离家的那个年龄也离开了家,是去加拿大读书。七年里,他没有从邮局往家里寄过一封信。信件全部通过电脑发,一周最少打来两次电话。有时能聊上一个多小时,把所有能说到的都说了,最后说完天气,才挂上电话。毕业后,他在当地一家报社当记者。每天早晨打开电脑看他们当天的报纸,成了我每日第一事。看完儿子写的报道,下载下来,再给妻子看,然后,把我们共同的读报感想写成电子邮件发过去,儿子立即就能看到最快最苛刻的报评。去年,我们去看望儿子,到报社的主编家做客,他笑着说:你儿子说他压力很大,因为父母每天都在看他写的报道。

如此之快的信息通道,让遥远的儿子离我们很近。我们随时能听到他的声音,欣赏到他刚刚拍摄的生活场景。如果愿意,还可以在网上用视频面对着面聊天。天涯如在咫尺之间,我们时时能感受到儿子青春的呼吸,觉得他好像就生活在这个城市的另一端。

今年5月17日的晚上,我们与从北京来的编辑家作家崔老师和张老师,在一家小饭店海阔天空地聊。正说到世界万物的背后大自然究竟有着怎样奇异的安排时,崔老师夫人的手机响了,她走出去接电话,回来时喜形于色地说:是儿子从美国打来的电话,儿媳妇刚刚在纽约长岛的一家犹太医院生了一个女孩,重7.6磅,身长54公分。我们一齐欢呼起来,令我们大发感慨的是,这新生命在大西洋彼岸降生的喜讯,竟然半个小时后就传到了相隔几万里之外的这个小小饭店里。大家推算那里应该是早晨几点钟了……我端起相机说,大家一起举杯,庆贺崔老师孙女的降生,将来她长大后给她看这张照片,告诉她,这照片记录下了对她最早最快的祝福,这场景是她来到世间仅仅半个小时之后发生的,而且是在地球的另一边……

这些早年让人想都不敢想的事,父亲已经看不到了。他多年以前写给我们的信被保留下来,订成几大本,放在抽屉里。用笔写信,读用笔写的信,这样的事情早已从我的生活里消失了,同时消失的还有那种只有亲笔书信才能带来的亲切感。有时,我会对日新月异的生活产生一种迷惘:得到的与同时失去的二者能够同日而语吗?如今,父亲的信成了我生命历史中不可复制的珍贵遗存。这一封封笔力苍劲、墨迹清晰的信,印满了父亲的掌纹;储藏了父亲的容颜,父亲的声音,父亲

的气息;散发出只有亲手用笔写下的信才会有的温馨;琐碎絮叨的家常话里浸透了父亲对我们的无限思念之情。见字如面,真的是见字如面啊!是的,父亲没有离开这个世界,他像几十年前一样,来家探完亲,提着那个简单的提包又回去了。只是他很久没有来信了。

《青岛日报》2009年12月28日

回不去的故乡

对故乡这个词，我一直很疏远，我是在坚硬的城市里出生长大的。故乡所指向的应该是乡村，是由炊烟、农舍、田间小路、牛和草垛构成的场景。最重要的是土地，祖露而静默的土地。父亲和母亲的故乡就是如此，我到过父亲的故乡，也去过母亲的故乡，我对别人说，我回老家去了。可是，一转眼我就把老家忘掉了，也从来不去想。终其一生，我都不会觉得那两个村落是我的故乡。

这座城市是我的故乡吗？从我能独立行走时，我就一次又一次离开家门，想走得更远。城市顺山势而建，街道上下起伏，蜿蜒回环，形同迷宫。有好多次，我迷路了。在昏暗的路灯下，一个人惶恐地走着。走着走着，竟又回到了刚才走过的那条路，刹那间，一种孤独恐惧感紧紧攫住了我……五十多年过去了，这感觉仍清晰如昨夜。后来我熟悉了每一条大街和小路，无论走到何处，不需辨认，就能径直回家，可我依然觉得，这座城市里的某些街区的房屋、道路、树木以及生活其间的人，与我是两相疏离的；商业区，别墅区，海滨风景地，那里生活的方式、氛围与状态，有我不曾了解也无法接近的一些东西。

当然，这是多年以前的感觉了，事情早已有了本质的变化。如今，置身于这座城市，我更多的是诧异，它的变化真是太快太大了，如果不是因为城市的领导者和规划者有一颗无所敬畏的心，无论如何也是打造不成这种样子的。用日新月异来形容它显然不够准确，用来描述它的词恐怕还没有造出来。然而，对我来说，这座城市是越来越陌

生了,我像一个异乡人,常常迷失在新城区一条条宽阔而美丽的大街上,甚至到老城区,也会迷路。这是怎样富有创造力的设计啊!遮天蔽日的大厦竟然与牌楼的样式相同,鹤立鸡群般的矗立在原有的二层楼房之间,遮挡住秀丽的小山。街道两旁均衡别致的房屋被拆除之后,建造起一栋栋巨大无比的高楼,街面的宽窄却仍是原样。如此奇异的城市新风景,让我如何凭着记忆去辨认旧时的街道?更何况有的街道已经消失不见了,你找都找不到了。

我家所在的那条街就被消灭了。我人生最早的记忆就是50多年前搬进这条街时一些影影绰绰的场景。50年的朝夕相处,家的名称已被街名代替了,在那些年里,一说回这条街,就是在说回家,回到父母的身边。

除掉老街,在地图上只是抹去了一条线,而对老街的人们来说,被除灭的是几十年延续下来的生活。不在那样的街道居住,那样一种生活也就永远不能重现了。

形成老街独特生活的首先是房屋的格局,街道两旁是连为一体的二层楼房,每家的门窗都面向街道,家家门挨着门,窗挨着窗。过去,老街上没有一家商店。一打开门窗,家的气息就流淌到大街上,街道成了家的一部分。走进老街,像进了家的廊道;从这家到那家,如同从这间屋去那间屋。

各家的门大多时间敞开着,不需敲门,抬脚就进,除了传递各种信息,也许只是要一壶水,一勺盐,一碗醋,甚至是来借五分钱,或者看钟表,对时间;深夜去叫开邻居的门借自行车,不必为难,事后也无须还人情。这样的住家环境和生活氛围,对老街的母亲来说,是非常宝贵的。老街的日子贫困而漫长,没有一个母亲能有勇气单独面对几十年艰难的日子,只有依靠老街,她们才相互搀扶着,顽强地活了下来。

老街上整日晃动着母亲们蹒跚的身影,回响着她们彼此联络的话语声。买粮,买煤,洗衣裳,做饭;手工活都是做同样的,一起取活,一起送活:缝皮手套、糊火柴盒、剥花生、做假发……只要挣钱,哪怕累一天只挣几角钱,也要继续做下去。在几近绝望的饥饿日子里,她们结伴一起去郊区挖野菜,一起坐火车到千里之外的乡镇卖衣裳换回粮食。

老街成了我母亲永远的慰藉。她说,如若当年不是搬到这条街上,遇上那样的年头,恐怕你们弟兄得饿死个。她感念这条街,感念老街的邻居们。现在,92岁的母亲住在小区宽敞明亮的楼房里,能看见的只有停放在院子里的轿车。每次我去看望她,她都说,她非常孤独。她想念老街。

生活,在这条贫穷苍老的街上朝气蓬勃,充满了生机。冬天寂寥的夜晚,门洞里定时响起悠扬的笛声和浑厚高昂的男声独唱;夏日的黄昏,两边人行道上,家家门口铺满了凉席,家,被移到了大街上,老街成了一个众声喧哗的大家庭;街灯下,回响着孩子们组合的二胡、手风琴、小提琴三重奏……除了在家吃饭睡觉,从早到晚,我们几乎都"野"在街上。满街上都是孩子,整条街是孩子欢乐的海洋,没有沮丧,没有自卑,没有孤独症,没有离家出走。我们在街上玩着花样无穷的游戏。那些游戏有趣而健康,其规则的公平公正性以及孩子对规则的谨守会令当今每一个大人汗颜。

1960年,在最饥饿的日子里,家家每顿饭吃的干地瓜叶子都要用秤称着煮,分着吃。有一天,我家对面的粮店门口卸下了一车地瓜干,十几麻袋地瓜干在街上放了好几天。我每天早晨都透过窗子的玻璃馋涎欲滴地看着这些地瓜干,直到有一天,粮店的工作人员把它们拉走。这些无比金贵的地瓜干,没有人看守,没有丢一包!今天看来,这无异于天方夜谭。天经地义最应该去拿地瓜干吃的是饥饿的孩子们啊。我曾怀疑我的记忆,我去问母亲,证实确有此事。我才意识到我已经忘记了40多年前老街的孩子们究竟是一群怎样的孩子了。

请不要误解，我不是在为苦难唱赞美诗，我只是如实地讲述老街。老街因穷困而发生的那些愚昧、野蛮而可悲的故事，永远鲜明地铭刻在我心里。它给老街人们的一生带来了无法衡量的损害。然而今天，当社会越来越富足，人类那些与生俱来的单纯情感反倒成了稀有元素时，容我用残损的记忆之网从老街的往昔生活中过滤出曾有的美好和温馨。很可能，它们是永远消失了。就像那条老街永远在世界上消失了一样。

老街拆除不久，紧连着老街的那片街区也被整个拆毁了。那天，我又一次回到了这个街区。面对的是一片空地。房屋全部消失之后，剩下的街道竟变得又窄又短，不只是相通，而且可以相望，犹如荒野上的阡陌。房屋之下的土地第一次袒露出来。我才发现，我们居住过的房屋，我们的家，我们曾经进出过无数次的粮店、煤店、菜店、商店、学校、理发店……原本也是建立在乡间原野一样的土地上。尽管有瓦砾覆盖其上，也掩盖不了土地那古老的本色。

在一个路口，我想找一口井，没有找到。我小时候经常到井边玩，井台的石板总是湿漉漉的，人们用水桶提上水来，那水清澈无比。我一直困惑，城市里怎么会有一口农村样式的水井呢？父亲曾告诉我，他第一次来这座城市是上个世纪初，这里是座小山，山坡上种着地瓜。不远处有一个大水湾，长着一片苇子林。也许，那井本来是用来浇庄稼地的，或是有意，或是无意，建造这片街区时，它被留了下来。留下了这口水井，也就留下了乡村土地的一个标记。

站在街区的废墟之上，我强烈地感觉到，我的故乡我的老家，原来是这片街区，这条老街啊！

认出了故乡，却回不去了。整个街区变作了几幢巨型商业大厦，老街没有了，老街的气息也已消逝得无影无踪了。有时，我会沿着那条上坡的路去寻找老街。以前，我们外出晚归，母亲总要站在路口倚着梧桐树眺望等待。侥幸的是这棵梧桐树被保留下来，成为老街唯一的遗存，它让我现在每次回来都能准确找到已经不复存在的老街的路口。我站在树下，透过树后那冰冷的白色马赛克墙面，遥望着我的老街。

　　很久以前，我曾经在无数个夜晚，从梧桐树旁，拐过街角，走进老街，回家。

《青岛日报》2008年11月3日

是什么雕刻了你

有一天,我在电信局大厅排队缴纳电话费,有一个窗口发生了争吵。一个40多岁的女人,怒气冲冲地嚷起来。我听不清她说了些什么,只知道她是发怒了。我看到她愤怒的面孔,她向玻璃隔断后面的营业员急促地说着,手在比画着,在挥发着怒气。她一切的动作,一切的语言,没有一点儿掩饰。在这个中年妇女的身上,或者说,在这个几十年前曾经是一个少女的女人身上所发生的这一切,在几十年后的这一时刻里,看起来竟是这样的自然。

我在这里提到了她曾经是一个少女这个属于生命历史的事实。这个事实,至今还应该残存在她的容貌里,置放在私人相簿里,保留在她自己的内心深处。这个事实曾经与羞涩与矜持在一起,曾经与莫名的怯生、慌乱和惊异在一起。还有某种独有的安静。清澈目光里更多的是湖水一样的安静,与之同时安静的还有脚步、手势和声音。或许,这就是生命尚未进入社会生活时所具有的安静。面对这种安静,甚至这个世界都曾经感到过不好意思。而如今,这一切在她身上已经荡然无存了。

那样一个美好的事实是从什么时候开始被剥蚀的? 又是在什么地方开始的? 究其本源应当知道的是,到底是一种什么力量一点一点地粉碎了它? 不,不能说是粉碎,准确地说是雕刻。是有一种东西在悠长的时光里雕刻着它,把一些事实雕刻成了另外一些事实。

　　我注视着这个女人的脸,我只能看到她脸的侧面。那柔和的轮廓,透过粉脂,依然能让人设想出她少女时曾有的神采。我在想,像这个女人的这种情绪发泄几乎在我们身上都发生过。不止一次,是有许多次,记不清有多少次。这根本算不了什么,还有比这更严重的。那常常要涉及灵魂的透明与暧昧,个性行为特征的保留与泯灭,信念和理想的固守与抛弃,爱的炽热与丧失,还有人性、尊严、道德、良知面对种种事物所确立的某种状态……在这些时候,你的选择,你的表达就不只是瞬间的个人情绪,那是一个人在向世界展示一颗布满了刻痕的心。

　　此刻,如果回想你少年时的模样,就会发现,那个少年已经是完全不同于你的另外一个人。他一直停留在那段时光里,停留在那个遥远的地方,在生活开始的时候,他没有随你起步同行。你是否想过,生活怎么让自己变成了今天这个样子? 你曾经遇到过些什么,曾经经历了些什么? 是一些怎样的经历雕刻着你,最终改变了你的神情你的声音你的姿态你的心灵。

　　我终于找到了这个可以用来指称的词儿:经历。是的,是经历在雕刻着我们。是经历雕刻了每一个人,改变了每一个人。那些浸透着酸甜苦辣的经历像是一把刻刀。岁月用这把刀,不动声色地将一个单纯安静的少年慢慢地雕刻成一个社会人。

　　这样的事情一直在发生,每日每时都在发生:在大街上,在教室里,在媒体发出声音的时候;在行政部门的大楼里,在法庭的门口;在超级市场,在售票处,在交易谈判桌前;在所有办公场所,在一切公共场合;在我们各自的家中……我们常常说是时间改变了一个人。我们忽略了时间所走过的一些地方,我们忽略了时间所承载的一些东西。应该说是某一些东西在某一些时日某一些地方雕刻了从中穿行的这个人,改变了这个人。

　　置身于人生，置身于不期而至的贫困生活，置身于庞大的人群、社会和组织，置身于大海一般不停息的运动，置身于几近无望的等待……面对蒙骗愚弄和逼迫，面对故意的误解和有意的践踏；面对被剥夺被毁弃被空空抛掷的青春年华，面对父亲死去而不能送葬的永久伤痛……历史注定了这就是一些人所要经历的。从那样一段人生到那段人生中的每一个日子，每一个生活事件，他们痛切地感受到了那把刻刀的尖锐。它就是这样把人们生命中某些宝贵的东西一点一点地剔除掉了。

　　也许，今天，你的人生经历不是这样。你正置身于汹涌而来的追逐财富大潮之中，另一种价值的诱惑淹没了现实与历史相交接的脚印；幸福和欢乐完全归于身体所有，许多人只相信那些能够看得见的东西；思想和艺术也学会了搔首弄姿。清晨出门，夜晚你就找不到回家的路……生活的刀锋隐伏在安逸与调笑的深处，你难以看到它的寒冷。

　　无论是什么样的经历，都不会让一个少年入场，如果他进入，他会死去，或者只有哭泣。无情的经历不相信眼泪，它只相信坚硬的生命。由个体自由成长转入抗拒或者顺应外部世界这样一种生命经历无疑就贯穿于你我的种种经历之中。也许，被经历改变了的我已经看不清我的经历我的改变。可是，我却能看清我的儿子的生命过程。我看得很清楚：泉水流进了小溪，小溪已经进入河流，河流正在奔向大海。我知道，我是儿子经历的一部分，而我又是大海的一部分。对此，我又能说些什么呢？

　　是的，你会有许多艰难的经历。可是，在超乎所有经历之上的还有你灵魂的经历；在种种经历中，你会有各种不同的面对，可有一种面对你每一次都会遇到，那就是面对你生命的尊严。这样，在经历外部生活的同时，你必定要经历你的内心世界。你经历的是你自己的心。你要保守这颗心,胜过保守一切。因为一生的品行,都是由心发出。不要让这个觊觎着你的世界雕刻了你这颗原本纯真的心。有这样的一些人,是为数不多的一些人,他们历尽劫难,遭遇坎坷。漫长的经历的确改变了他们,不仅仅是容貌、身体,还有个性、感情、思维……可有一样东西始终没有变,那就是他们的灵魂他们的心。经历在他们那里成了高贵灵魂的见证,而不是丧失人格尊严的借口。对这样的人,我曾经有所接近。如今,他们大多已经成为老人。他们神情俨然,声音从容,姿态谦卑,心境纯净。在这样一颗赤子之心面前我会沉静下来,听他们讲他们的少年,讲他们坎坷的经历,讲他们今天的信念和追求。我看到坐在我面前的这个白发苍苍的安静老人就是多年以前的那个少年。

这就是我要说的。在这里,我把这些话先对我自己说出。每天早晨,我照镜子,都会看到镜子里这张被雕刻了的脸,这张脸已经没有了少年时的一丝痕迹。我能说出这张脸的哪些部分是被一些怎样的经历改变的,我还能分辨出被我自己雕刻了的那一部分。这是我在经历我的心的时候被雕刻成的。是我的心在经历某些生活时对它雕刻的。说到底,很多时候,是我自己雕刻了我的灵魂。

《青岛日报》2001年3月23日

从鲁迅的墓到他的故居

　　1999年的6月,我第一次去鲁迅在上海的故居。先是去的鲁迅公园,我知道他是埋葬在那儿的,但是不知道他的故居在哪里,问了许多人,都说不知道。有一个人看来知道鲁迅故居,他说,鲁迅的故居应该在北京吧。于是,我就决定先看他的坟,然后再去寻找他度过了最后岁月的居所。

　　在读了他的书三十多年,在某些想法,某种激情已经被岁月销蚀了之后,才来看他的坟地和住所,真是太晚了,就有一种亡失之感,是那种无可挽回的,永不再来的感觉。就像我们回忆起小时候经历过终其一生也忘不掉的一些事物时所产生的那种感觉。

　　去看他北京的故居没有这种感觉,三十年前去过一次,三十年后去过一次,都没有这种感觉。也不知道这是为什么。以下我将要写出的此刻还完全不可知的那些文字,无疑会带领我的心进入一种具有神圣性质的状态。或许,在那里,我会明白这是为什么。我的心将在这些文字里穿行,如同一条鱼,回溯到产卵的水域,它在那儿出生,从那儿游走,如今它又要回到那儿去。那是阳光照不到的海流,那里只属于我一个人。

　　是三十三年以前,是一个寂静的雪夜,在空旷的屋里,在昏暗的灯光下,是我一个人,是我一个人在读他的书。读书的是一个人,写书的也是一个人。孤独的一个人与另一个孤独的人相遇,这是属于两个人之间的事。是我寻找到他，是我需要让他进入到我的生命中来。这就是事情的本原。在这里，不要说时代，不要说阶级，也不要说历史；也许，不能不说时代、不说阶级、不说历史。因为，也许，是它们决定了我的生活状态，是它们决定了我的生活道路。但我要说的是，它们不能决定我的生命状态，更不应该决定我的灵魂本质。这些东西是易变的、捉摸不定的、由人随意转移的。具有本质意义的生命因依附于它们而变得模糊不清，甚至被完全遮盖。必须把这些纠缠了我们大半生的东西剥离出去，留存下来的才是真实的核，尽管坚硬，却能够衍生出永恒。

对我们自己，对鲁迅，都是如此。

在这里就想顺便说一下现在有些人对鲁迅的批评，他们当然有他们的道理。但有一点他们是否知道，那些接受鲁迅的人是他们个体生命的需要。是他们的生命不甘于处在某种环境之下的需要。未曾处在这种环境或者甘于处在这种环境的人在鲁迅面前应该慎言。

我接受鲁迅不是从他的神圣开始，也不是从他的犀利他的坚硬开始，而是从一种温暖开始，从一种爱开始。这看起来很奇怪，那样一些被现代人称为刻薄无情的文字竟然会让你感受到温暖和爱。然而，的确如此。后来，我也看过了中国上世纪三、四十年代某些文学大师的文字，他们隽永的文字对我有着独特的魅力。但它们能否在那个大雪的夜晚，以及在其后一个很长的日子里，在我灵魂孤立无援的时候，把一种力量注入我的生命中来，并且永不离去？对这一点我设想过了，我对比过了，我很清楚：它们不能。他们或许和鲁迅一样都在为那些处于荒凉之中的心写作，但却不是用荒凉的心写出来的。那的确是一些非常有智慧的文字。它能给你慰藉，给你微笑，它能抚平你的伤口，让你的心安静。然而，读这些文字，我常常感到自己像一只口渴的乌鸦，供我喝的是被放在一个浅盘子里的咖啡。

鲁迅站在荒凉中写作，"生于一个没有恩惠的国家，终于一种没有

恩惠的生活"。他的心同样荒凉。他知道,处于荒凉之中的生命需要什么。他的文字是蘸着他自己的血写成。这样的文字,其意义不是政治也不是文学所能涵盖的。请不要再说,不论是谁都不要说:我的文章比鲁迅写得好。也许,不,肯定,你的文章写得比鲁迅好。但是,这说明不了什么,什么也说明不了。这种话所表明的不是狂妄,也不是无知。对此,我找不到相应的词语。

我终生都不会忘记第一次读鲁迅的那个夜晚。

就是那个冬天的夜晚,雪停了,非常冷,阒无一声。我十七岁。我在看鲁迅的书《坟》。《坟》这个书名,一下子攫住了我。我想逃离,又想走近;有一种恐惧,又有一种迷恋。再也没有哪一本书的书名,给过我这样奇特的感觉。也再没有哪一本书,如此无情地让我直面那些冰冷的文字,直面冰冷的人生。冰冷的文字,冰冷的鲁迅,却让我感到温暖——在那个冰冷的雪夜。

我怀恋我的这种感觉,我很想再回到那个夜晚。可就像我再也不能回到故乡一样,我也许终生都不会再有那样的夜晚,不会再有那样的感觉了。不是因为环境、情势有了什么变化,从本质意义上说,那并没有变化。是生命有了变化,是在时间的流逝中不知不觉发生的。这同样也只和我自己有关。我已经很久没有看他的书了。如今,我所有的只是回忆和对这些回忆理性的感念。如今,我所能做的只是来看他的坟和他的故居。

他的坟竟然会被迁到公园里。人们应该知道,他远离虚假的人工自然。他不喜欢公园。据说,他在活着的时候从不逛公园,就连这个离他家最近的公园他都从未来过。我知道他是葬在公园里的,但不知道是这样的一个公园。我也不知道在哪里还会有这样的场景,在全世界,还有谁死后会被放在嘈杂的市区公园里。公园坐落在人烟稠密的居民区，到处都是人，在乘凉，在溜达，在闲谈，在唱歌，在喝可乐，在吃方便面……太阳非常灼热，烤着人、树木和尘土；各种各样的声音在各个角落欢呼飞扬，各个角落里都欢呼飞扬着各种各样的声音。像是在迎接什么，可迟迟没有来，一种等得不耐烦的情绪弥漫在空中。我在门口买门票，但是我拿到的不是门票，我拿到的是一个圆圆的，像是纽扣的粗糙的薄铁片，涂着蓝色的油漆。它仿佛散发着上世纪五十年代的气味。也许，从一九五四年鲁迅的坟迁到这里起，就开始用这种"门票"了。如果是这样，那它们就已被循环使用了四十多年。

我想说些什么，我什么也不想说，甚至不想问公园收票人那坟在什么地方。我去看导游牌，那上面标出了方位，并写着：鲁迅墓地。我心里说，我来要看的不是鲁迅的墓，我来要看的是鲁迅的坟。

鲁迅应该埋在坟里，不应该放在墓里。伟人仙逝后尽可以摆放到陵墓里去，成为一种公共场所。但是鲁迅不可以，他不是伟人——如果伟人是指那样的一些人。他死后应该埋葬在坟里。"墓"和"坟"这两个字，在文字专家那里被刮掉了感情色彩，从字典里你找不到它们的不同之处。然而，它们的确不同。墓，庄严肃穆，陌生而遥远；它让你敬仰，让你思考，却不能让你哭泣。坟，是这样的熟悉，这样的亲近；它让你想起老家，想起老家那些死去和活着的亲人们；它让你想起老家那些遥远的午后，午后静谧的田野，田野里的阳光和风，还有风中的坟。这些安静的坟，寂寞、飘零，可是拙朴、真实；冷静地述说着代代相传却又各不相同的莫测命运，给我们以某种震惊。生命与死亡在这里似乎伸手可触，如同你自己的生命，你自己的死亡。面对这样的坟，你会情不自禁地扑在坟头上放声大哭，而在墓前我们只会例行公事——低头默哀。

赶快收殓，埋掉，拉倒——这是鲁迅的遗嘱。按他之所愿我们应该

把他埋进坟里：在村头，在荒郊，远处是麦菽或稻谷，近处是野草和泥土；有风尘仆仆的过客，有众人踩成的小路；有赤链蛇盘桓其间，有猫头鹰昼伏夜出……这些都是鲁迅曾经喜欢的。如果，把他埋在这里，他无疑会得以真正的安息。可是，这个倔强的人，这个至死也按自己的方式展示生命的人，死后不得不由人摆布——直到今天，还是这样。

鲁迅被放在墓里。只能如此，因为必须如此。所谓墓，也就是这个样子了：有对称的树木，有方正的花坛，整整齐齐，井井有条。也有几级台阶，也有青石板铺道。还有伟人在墓碑上题字，金光闪闪……然而，这一切不能给你带来任何感受，这一切就是为了让你来接受失望的。我站在墓前，心里空空洞洞。我感到墓穴里同样空空洞洞，鲁迅并不在里面。有一束花，放在墓顶，已经枯萎。这让我想起了夏瑜的坟以及坟上的那个花圈。这个联想似乎毫无道理，然而却没来由地出现了。这究竟是怎么一回事？肯定有某种相似之处。时代或历史的喧嚣常常遮蔽了那些不同事物的相同点，对于这一点，我们常常看不到，想不到，甚至感觉不到，它却还是出现了。它是潜藏在心底深处的一种声音，在某些时候自行发出。

还必须要提到的是鲁迅墓旁的这座现代化的建筑物，它非常雄伟，由底部斜着向上伸展，直到遮蔽了大半个天空。这是上海有名的体育场，我们所能看到的只是它的一部分，它能装几万人，或许是十几万人。它与鲁迅的墓建在一起大概是巧合，但却因此而具有一种显而易见的特质。这是世界上任何一个体育场也不会有的。这就组成了一种场景。我想，这一场景如果被画成一幅画，会产生强烈的视觉效果，同时还有震撼人心的听觉效果。球迷发出的那种声音以及这种声音所传达出来的某种意义，也许值得鲁迅去倾听。可又觉得事情不应该是这样。

　　鲁迅的故居离他的墓地不远。一走入这幢房屋,我就进了鲁迅的家。我真的是来得太晚了。我在这些房间里——不,我是在鲁迅的家里。与其说这个家早已消散,不如说这个家已被凝固,被时间和空间凝固,被这每一件家具、每一个小物件凝固。同这个家一起被凝固的还有1936年秋天的那些日子,以及散布在那些日子里的声音、光线、事情和影像,还有1936年10月19日清晨的最后气息。一切都没有消散,一切都留存在这里,静止在那一刻,在等待我,可是我这么晚才来,在我已经快要老了才来,在我的脸和心都已布满了皱折才来。几十年来鲁迅留给我的最后阅读印象,就是他的死,直到今天第一次走进他的家,这中间,对我来说,是那样的一大段空白。此刻,我跨越这空□的日子,与鲁迅接续起来的记忆就是他的死。对于我来说,那一切,就是发生在昨天。赶来吊唁的人们似乎刚刚离去,我是最后一个到达。其实,在三十多年前的那个寒冷的雪夜,我第一次读他的书的时候,他已经死了。那时,这张床就在这儿空放着。它在我出生很久之前就在这儿空放着,在我出生之后它又空放了五十年——而此刻,在这张空放着的床上,我看到的是鲁迅遗体刚刚被抬走留下的痕迹。一切仿佛刚刚结束……

　　我是不是早些时候来就可以见到他,就能当面向他说出我的感念?是的,是这样。如果在六十多年前来,我就能见到他,我就能向他说出我的感念。于是,我又看到了在大雪冬夜里那个十七岁的读书少年。那个少年,被时代欺凌,被历史嘲弄,被所有的阶级抛弃。他茫然无助,孤独忧伤。是鲁迅的文字给了他力量。这不是时代的力量,不是历史的力量,也不是阶级的力量。这是生命的力量。如果,当时,那个少年来到这间屋子,他一定会感到鲁迅没有离去。可是他想倾诉什么,他会得到什么,我现在已经不知道,甚至想象不出。

　　已经太久了,不是鲁迅死去,而是那个十七岁的少年已经死去。在过去,在现在,在今后,像这样死去的少年还有谁?

此刻，我的心里响起了一个人的哭声。这是六十三年前鲁迅刚刚死去时，在这间屋子里响起的哭声。这哭声不同于任何哭声，它没有压抑，没有顾忌，没有装饰。这是吊唁者发出的真正哭声。我不明白为什么当时在场的许多人没有把这哭声写进回忆，而是由一个孩子在他进入老年的时候传达给我们：鲁迅死去两三个小时，来了许多吊唁的人。然而，他们只是在默默的哀悼。忽然，楼梯咚咚一阵猛响，外边有一个人抢起快步，跨进门来。人随声到，只见一个大汉，直奔鲁迅床前，没有犹疑，没有停歇，跪倒在地，像一头狮子一样，石破惊天的号啕大哭，他扑向鲁迅的胸膛，帽子滚落，一头扎下去，好久没有抬起，只是从肺腑深处，旁若无人地发出了悲痛的呼号……

我们可以不知道这个业已死去的哭者的名字，但是我们应该知道在中国曾经有过这样的哭声，曾经有过这样哭的人，曾经有过值得这样哭的人。

如今，这样的哭声已成历史的绝响。

再也没有这样的哭声了。

我站在鲁迅空荡荡的床前，倾听着这哭声。

——谨以此文纪念逝去的少年和在心中渐行渐远的鲁迅

《青岛日报》2002年12月10日

（入选青岛出版社出版的《青岛文学60年作品选》）

那不可缺失的红色

　　这次发生在列宾这儿，在这之前是阿芙乐尔巡洋舰，是冬宫：历史的真实存在，与我自少年起被告知的真相是如此不同，看起来只是一些细节，好像无关紧要，却再一次改动了那些被限定的结论。就这样，一次又一次，那些确立在记忆中的东西被冲刷得所剩无几了。我担心，有一天，它们真的消失殆尽了，我的少年和青春将依据什么去怀念？不过这一次情况还不算有多么严重，那只是缘于颜色上一点儿不起眼的差异。

　　看列宾的画，是这次去俄罗斯的一个重要心愿。在彼得堡的艾尔米塔什我看到了达·芬奇、伦勃朗、莫奈、凡·高、马蒂斯、塞尚、罗丹、米凯朗基罗等大师们的原作，这些价值连城的艺术瑰宝挂满了每一个展厅的每一面墙壁；各式各样精美绝伦的雕像，摆在大厅里，长廊上，摆在楼梯的拐弯处。在这个分为大的、小的、新的艾尔米塔什的庞大艺术宫殿里，据说，想看完全部展品，要走上十几公里的路程。我穿行于这灿烂辉煌迷宫一般的博物馆里，在一间间雕饰繁复精致华丽的展厅里流连忘返；我坐在红丝绒的长凳上，久久仰望挂在墙上的旷世巨作；有时我把眼睛贴近画布，凝视那一道道厚重浓郁的油彩。我总是处于一种时空迷乱的恍惚之中：这就是那位艺术大师在300年前亲自用画笔抹上去的吗？

　　说实话，能看到世界著名的艺术大师几百年前亲手画的画这件事

或许比画的本身更让我惊叹。对我来说,除了获得一种直接的难以言传的美感之外,真正意义上的鉴赏是不存在的。那是需要自幼年开始去做的一件事。可是我所经历过的,曾经被灌输进心灵里的那些荒谬可笑的东西,像水泥浆一样,把我生命结构中属于艺术的那一部分,浇灌成了坚硬的预制板;彼此之间的情感通道早已堵塞不通了。面对这些人类艺术的精华:过去,陌生;如今,依然陌生。

然而,有一幅画或许是个例外。它就是列宾的油画:《不期而至》

上个世纪五、六十年代,除了具有中国特色的油画外,最常见的19世纪的外国油画就是列宾的画了。印制较多的是列宾那些描绘苦难,控诉不平等,刻画革命者的画:《伏尔加河上的纤夫》《宣传者被捕》《库尔斯克省的宗教行列》《拒绝忏悔》,还有《不期而至》。

第一次见到这幅画,是四十多年以前,在一本杂志上。黑白两色印刷,画面模糊粗糙。单看画面,看不懂它要说什么,当借助赏析文字,知道了它所蕴涵的故事时,我的心受到了强烈的震动——

……门刚刚被女佣人打开,一个男人走进屋子,尽管他满腮胡须,形容憔悴,却掩盖不住他的睿智和刚毅。这是一个知识分子革命者,曾因反对俄国沙皇而被逮捕。今天,他从流放地抑或是监狱回家了。他显然走了很远的路,破旧的靴子上沾满了泥土,有污水流淌在地板上;在他突然走进来的这一刻,屋里屋外所有的人全都把目光投向了他。来自不同方向带着不同情感的目光,交织定格了整个画面,把出乎意外的一瞬间凝固成了永恒。

看样子只有五六岁的女儿,疑惑不安地看着这个陌生人,表明父亲离家的时候,她还不记事;用疑虑的目光打量着他的,还有给他开门之后依然站在门口的年轻女佣;妻子、儿子和母亲在一刹那间都认出了他,妻子惊喜,儿子兴奋;最令人心颤的是从沙发上站起来的母亲,她还没有完全站起来,就停在那里,望着自己的儿子,佝偻的后背,悬在空中的手,清癯的脸的侧面。即使画家没有画她的眼睛,我们也能看到母亲那满含着爱和渴盼的目光。

一切是如此的逼真！好像我也置身于这间屋子里,站在沙发后面目睹了这感人的一幕。最吸引我的是这个归来者,他的疲惫,他的镇定,还有他的眼睛。那是一双无法看清眼神的眼睛。这眼神里究竟蕴涵着什么？在我读到的所有阐述这幅画的文字里,几乎都说,他那瞪大的眼睛里流露出来的是警惕的、戒备的、有所询问的目光。我再看画,不,应该说,我是看这幅画的印刷品。画面上,光线淡淡地透过窗玻璃,从侧面照在他消瘦的脸上,脸部的大部分处在阴影之中。在这些复制之物上,即使是清晰的彩色印刷,这个男人处于阴影中的眼睛,也只有黑白两色:黑色的眼窝和深陷其中的两团眼白。这样,他的眼睛就显得大而空旷。他直视着颤巍巍的母亲,目光看起来异常冷静,透露出一种质疑,一种疏远——这样的眼神,无疑漠视了甚或在抵挡母亲的目光;母子相对而望的视线里,明显缺少感情的交融！

在那个以阶级名义拒绝母爱的年代,这个衣着破旧,神色冷峻的革命者,立即被我当做意志坚强的英雄接纳在心里。在我看来,如同《钢铁是怎样炼成的》中的保尔因忠诚于自己的阶级而摈弃了与冬妮亚的恋情,《牛虻》中的亚瑟为了人生的某种信念至死压抑着对琼玛的爱,《不期而至》中的这个知识分子对待母亲的感情方式,同样表现出一个革命者决不沉溺于私人感情的崇高境界,这一生动可视的艺术形象,让一个虽被排斥被歧视却一心要用革命激情替代家庭温情的少年寻找到了一种更为亲切的契合,从人生的另一个层面,去追随那个激情燃烧的伪理想时代。

如今,那些"神圣"的想法和做法全部变作荒唐可笑的记忆了,列宾的这幅画却一直在我的心中,从未褪色。就像那一代人成长岁月中的一本书,一首歌,或一部电影,因为伴随过少年,滋润过青春,而成了人生模棱两可似是而非的注解。然而,这是一些试图剥离历史的注解,它

过滤了时代苦难,遮藏起内心伤痛,把早已成为陪葬品的感情伪饰成不悔的青春。其实,那些曾经充满了诱惑力的语言、声音和影像不再是它们本身,接受者们今天一往情深地说它,唱它,不过是来说来唱他们不甘失落的心灵。

列宾的《不期而至》,大概对我就是这样吧。所以,与其说我是来看列宾在1884-1888年间亲手画的这幅画,看这个家庭每一个成员的本相,不如说我是来看过往生命里的一个寄托,看我已逝青春的一个依据,以确认我曾有过的感情。

在艾尔米塔什,我没有看到列宾的画,这个俄罗斯最大的博物馆里不摆放本国艺术家的作品。在彼得堡的俄罗斯艺术馆里,我只看到了列宾的《伏尔加河上的纤夫》《查波罗什人写信给苏丹人》《水中王国的莎达可》等名作。他们对我说,看列宾的《不期而至》,要到莫斯科的特列恰科夫画廊。

到达莫斯科的第二天,按预定计划,去的第一个地方就是特列恰科夫画廊。画廊在离克里姆林宫卫城不远的一条僻静的小街上。那天参观的人不算多,按着顺序,我一个一个展室浏览着:列维坦的《晚钟》、普基廖夫的《不相称的婚姻》、雅罗申科的《到处是生活》等一些亲切熟悉的俄国名画就像在他乡遇到故知一样,令人惊喜地突然出现在眼前。可我心里一直在想着《不期而至》,想着它就在前面不远的一间展室里等着我;我仿佛正沿着时光的甬道,一步步回溯到几十年前的某个出发地,即将到达那个曾经是起点的终点。

我终于看见了它!一进展室,我就看见它挂在那儿。画面呈正方形,有近三平方米大,这不是光滑鲜艳的印刷品,是列宾用了四年时间,一笔一笔画出来的原作;它近在咫尺,令人一时难以置信。我走近,又离开;离开,又走近。用目光反复地抚摩这幅画。

突然,我有一种感觉——其实,这种感觉一开始就有了。这不像是我多次看到过的那幅画，画面所呈现的是与记忆完全不同的东西，它表现得非常强烈，是我所不熟悉的。是什么呢？再仔细看看，我发现：与我心中的《不期而至》不同，或者说，与《不期而至》的印刷品不同的，是那个男人的眼睛。列宾笔下的这双眼睛，没有一丝戒备、疏远和冷淡，而是流露着一个儿子对母亲的无限柔情。他们的对视，没有任何感情上的抵牾；在两人目光连接的视线里，流淌着自然、真挚、合乎人性的母子之爱。

整个画面所表现出来的氛围和主题与我原先所看到的，所感觉到的，所理解的竟然完全不一样！

让我发现了真相的原因很简单：我第一次看清了那个男人的眼睛，他眼睛周围泛起的是暗红色，而不是黑色。那红色，是泪水快要流出时眼窝才会出现的颜色；很明显，他的眼睛显然是为了忍住泪水而情不自禁睁大的。列宾的确是在描绘一个革命者，可他首先表现的是一个回到母亲身边的儿子，他用红色渲染了儿子眼睛的四周，意欲画出他即将流泪的那一瞬间。正是这不可缺失的红色，把一个儿子对母亲无以言说的混合着内疚和爱的眼神完全表达了出来。

凝视着这个男人的眼睛，泪水从我的眼睛里流了下来。我曾多次看过这幅画，这双眼睛给予我的一直是冰冷而刚硬的理性。今天，来到列宾的原作面前，我终于读懂了这双望着母亲的充满了爱的眼睛，它第一次触动了我心灵深处本应该被触动的那块地方……

怎么会是这样？难道仅仅因为颜色上的一点差异，就让我四十多年来一直在误读着《不期而至》吗？一定还有另外的更深的原因。我一时难以说清。当青春的慰藉最后被无情地证实为虚假时，我只感觉到，有一种东西，曾一直固守在内心深处，抗拒着对那段生命历程的否认。此时，它正在离我而去……

《青岛日报》2007年6月3日

门

门，也应该是童年记忆中最深刻的事物之一。在孩子看来，门，是家的第一保护，又是让人惧怕的地方。每当夜晚或者只有一人在家时，门的这种特性就凸显出来。门静悄悄的，你不知道是否有人站在外面，是谁站在外面，这个人将给你带来什么你也不知道，门，挡住了外面的一切，一切都成了未知，未知就意味着不论什么事情都会发生。小的时候，在我听来最恐怖的故事不是鬼的故事，是那个大灰狼冒充羊妈妈去敲门要吃掉小羊的故事。其实，那应该是一个关于门的故事。狼和羊，或者说残暴与孱弱，祸患与平安，凌辱与尊严，死亡与生命，因着一道木板做的门而充满了悬念。狼敲着门唱着：小羊儿乖乖，把门儿开开……这样的一扇门，既让我处于侥幸的激动之中，又让我恐惧不已。长大以后，回想起来，在这个故事里，说到底，曾经是那扇门让我畏惧战栗。

门，处于房屋最薄弱的那个地方。或者说，家最脆弱最不堪一击的地方就是门。可是，我们一生都会把家的安全交托给门，只要把门关紧，把锁锁住，就可以心安。其实，就家来说，容纳它的这幢房屋，其实质与一封信是相同的。一封被封上口的信其不可侵犯性并不等于它牢不可破。可是，在过去的漫长岁月里，我们曾经把我们的感情诉求我们的私人话语装入这个用纸做成的薄薄的袋子，投递出去，交与陌生人，辗转于不可知的路途中，却又完全放心。这样一件完全不可思议的事，大家却一直在做着，而且会一直做下去。人们无疑是在用一种善良的道德愿望粘住信的封口，并由此确信，除了收信人，别人是无法打开它的。门，也是如此。门，就是信的封口。它不是房屋的附件，也不是家的功能性装置，它是一种象征，象征着我们在这个世界上的一种生命秩序，一种生活态度。谁又能想到，这样一种人类延续了数千年的象征，在一个晚上就会被粉碎呢？

　　三十多年以前，在中国，有许多家门就史无前例地被无情地粉碎了。说史无前例，是因为那些发起者就是这样宣布的；是因为那确实是中国历史上未曾发生过的事情：众多普通百姓的家门，没有任何理由，没有任何原因，突然被在同一时刻粉碎，被集体粉碎。在这之前，似乎毫无征兆，没有迹象，谁也没有预料到，事情就突然发生了。可是，一切又好像是蓄谋已久，酝酿已久，等待已久。究竟是一种什么东西长久潜伏在人的心里，被激情的话语点燃，在一夜之间就燃烧成疯狂的火焰，把文化变成了一场"革命"，把时代酿成一场浩劫。对于这一点，至今并没有谁能说清楚。抄家，这个本已消亡在封建历史中的词儿，突然在几天之内被每一个人所熟知。可是，来抄家的不是衙役或警察，不是官吏或士兵，也不是流寇或歹徒。是普通的百姓，是像我像你一样的平民百姓；是你的同事，你的同学；是你的学生，你的邻居。甚至从街上进来的这些人你根本就不认识，十几个人一商量便任意而为，不需要出具任何证明，只要以阶级和阶级斗争的名义，就算找到了一个至高无上的借口，可以随意进入你的家。他们背诵完领袖的最高指示，就开始动手了。他们在你家里到处乱翻，翻遍了每一个角落，砸碎他们想砸的，烧掉他们想烧的，拿走他们想拿的任何东西。他们当着女儿，辱骂母亲，当着父亲，殴打儿子，当着妻子，让丈夫跪下……那些延续保存了几个世纪，甚至上千年的完好无损的家门，那些维护人性和尊严的门，在一个晚上，在几个小时之内，就轻而易举地被粉碎了。家，被扔到大街上，被置于赤白灼热的阳光之下，被照耀成一片废墟。那扇可怜的门只不过是一块旧木板，它保护不了你，它保护不了你的家。

　　我在童年时代对事物的种种错觉和误解大都被后来的生活逐一纠正了,可是对于门的那种直觉,却被残酷地印证为知识。这是无法向过去的童年交代的。这个发生在三十多年以前的历史故事,这个比狼和羊的童话故事令人更加恐惧的真实故事,这个关于门的故事,我们还能够对今天的童年对今后的童年原原本本地讲述吗?

《青岛日报》2003年1月2日

残 页

有时,面对着某件保存日久的物品,我会陷入恍惚之中:这究竟是一件物品呢,还是残存的往事与时光? 或许,它曾经是一个至关重要的细节,是一件不可或缺的道具,是人与事之间一种神秘的连接。如今,那些往事早已随着时光消逝了,而这物品却依然孤独地待在这儿。它待在这儿要做什么呢,是为了要证实那些遥远的往事吗?

这是一本1956年3月号的《译文》,我在整理书橱时发现了它。这本半个世纪以前印制的书,纸张已经发黄变脆,封面的四分之三是白色,印着一幅印度画家萨依达的素描画《和平游行》,上端是天蓝色,占封面的四分之一,印着"译文"两个白色的楷体字。

如果没有这本书,那件事情也许会被我永远忘掉了,那个令人不可思议的瞬间就无法得到确认。此刻,面对这本书,我来说这件往事,我是在指着一件确凿的物证说话。不,不是怕你不相信,是为了先让我自己相信:那不是噩梦,那是我的青春经历。

打开书,翻到第13页——没有13页。不只是13页,从13页到26页,全部被撕掉了,只剩下了窄窄的边缘一致的残页,这些书页显然是被一同撕掉的。是的,那个中年男人在我面前毫不犹豫,一下子就把它们撕了下来,而后把书递给我。这本书是在被摧残了之后流落到我这儿的。那是一种摧残。不只是对这本书,对我,对那对夫妇,同样也是一种摧残。只是当时我们意识不到,我们都很平静地接受了。

那是1969年秋天，是一个下午，在街角的一个废品收购站，我看到了这对中年夫妇。他们的容貌在我久远的记忆里早已模糊不清了，只记得当时从他们文雅的气质上猜想他们应该是教师。其时，他们正弯着腰把书从麻袋里倒出来。这是一些藏书，从书的大小排列和整齐程度看，显然是从书架上取下来、没有进行挑选就直接放进了麻袋里；书的装帧和颜色表明它们经历了不短的岁月。这是一些文史方面的书，大约有上千本的样子，堆在地上，如同一座小山丘。

你很难想象三十多年前我看到这些书时的心情。那是一个没有书读的年代，没有书，除了"红宝书"，什么书也没有。我们所读到的报纸、杂志、私人信件，所听到的广播、会议、日常对话，全是在用抽象的词句堆砌着空洞的真理。在我整个青春时期，没有书，没有娱乐，没有文学，没有艺术。人所固有的感情、想象和对美的渴求，失去了承载与归宿；青春心灵的萌动和欲望，缺少了滋润与回应。在日复一日、年复一年单调贫乏的生活里，我常常觉得自己的生命在一天天地干瘪下去，有时在寂寥难眠的夜晚，我甚至能听见自己灵魂枯裂的声音。当一下子看见这么多的书，我全身竟然不能自已地颤抖起来，就像一个饥肠辘辘的人，突然面对着一场他可以尽情享用的盛宴。

在这以前，我曾经有过一次这样的激动，那是在学校图书馆一间堆满了书的小屋里。"文革"一开始，学校就把所有的文学经典当作"毒草"挑出来，堆放在里面。我知道，有些同学已在打这些书的主意，只是不知如何下手，而我早已有预谋。

终于，一个"偶然"的机会，我溜了进去——那无异于阿里巴巴进了珠宝洞！上下左右，全都是只闻其名未见其"身"的中外名著啊！每一本书都充满了诱惑，每一本书我都想要。可是我清楚此刻我一本也拿不走：图书馆的老师就坐在外面，要从图书馆出去，必须从她面前经过！

我开始按照计划行事。我按捺住急速跳动的心，迅速翻捡着书。其实根本不需要挑，随手拿就行。先拿到的是四本一套的《红楼梦》，我把它放到预先观察过的窗台上；再摸到的是陀思妥耶夫斯基的《穷人》；然后是司汤达的《红与黑》，巴金的《秋》，托尔斯泰的《安娜·卡列尼娜》……摸到什么算什么，我把它们一一摆在窗台上，一共摆放了两摞。窗玻璃上贴着白纸，我至今记得，当我一次又一次屏住呼吸，紧张而又兴奋地向窗台上放书时，总是看到一缕阳光正透过白色的窗纸照射在窗台上，静谧的光影里有一些细小的灰尘在飞舞。这成为我生命记忆中一幅永远的画面：昏暗的小屋，贴着白纸的窗户，静静的阳光，我蹑手蹑脚在杂乱的书堆里徒然地忙碌着……

是的，是徒然的忙碌！当天晚上，我来到学校的后院，来到图书馆那间小屋的窗下，我发现，那窗户很高大，我本来打量好的那块窗户玻璃的破口，刚刚能伸进手去，放在窗台上的书并没有靠近窗玻璃的破口，我连最上边的那本书都够不到。

此后的数天里，我每天都到学校后院散步，周围没有人时，我便驻足窗下，满怀惆怅地望着窗玻璃后面那几十本书的模糊影子。打碎玻璃，就可以得到它们——这只是一个想想就算了的念头而已，我不会付诸行动，那种底线我还没有勇气突破它。不久，窗子后面的书不见了，那一屋子书装了满满一卡车，被送到造纸厂造纸去了。

就这样，我错过了那些书。如今，我在书城，在图书馆，在个体书店里，常常看到那些我年轻时错过的书，它们就摆在书架上，有各种的版本，装帧得精致华美。我一举手就可以拿到，可我一点儿都不想去动它。面对这些我当年梦寐以求的书，这些曾经让我在那间昏暗小屋里流连忘返的书，这些我曾经不惜付出"罪"的代价企图据为己有的书，我已经无动于衷。其中的一些书我一直没有读，今后也永远不会去打开它们。我清楚，这些书已经不能激荡我历经了人生沧桑的心灵，更不可能影响我已成定势的生命。人类有许多真诚美好的思想感情，只有

浇灌在一颗年轻单纯的心里,才会浸染这个人的生命底色。有一些东西,如果你年轻时错过了,就意味着你一生都错过了。

今天,当我穿过37年的时间距离,回到那个秋日的下午,我才明白:我满怀兴奋地走向那些书,是在走向一个人应该拥有的精神栖息之地。那是人类心灵本能的寻求。

我走到那对夫妇身边,抑制着内心的颤动,用渴切的语调,嗫嚅着,要求他们卖给我一些书。我说,我可以按每一本书付给您钱。我知道我口袋里的钱不能把这些书全部买下来,能得到一少部分我也就可以成为"富翁"了。他们似乎没有听见我的话。他们神情颓丧,默然地垂着头,看着堆在地上的书,像是在向它们作最后的告别。我很尴尬,我觉得我是在做一件不识时务的事。我鼓足勇气,提高声调,把刚才的话重复了一遍。他们抬起头,看了看我,相互对视了一下,妻子挨近丈夫低语了几句,那男的就到书堆里去寻找。不一会儿,他用双手捧出一摞书来,有12本,全都是上世纪五十年代的《译文》。

他把书递到我的手上,说:这些书不错,可以留着。

这是他们对我说的唯一一句话。他的声音低沉、温和、亲切,好似在对一位多年的朋友说话。当时,我并没有听出这句话里也许还隐含着的另外一层意思:其他书不可以留着,不能给你。我反而受到了鼓励,想向他提出,让我自己再挑一些书。就在这时,有一件事发生了:这个中年男人像是想起了什么,突然从我手里把书拿了回去!他从中抽出一本,很快翻出几页,看了看,然后用力撕了下来,揉成一团,扔到了书堆里。他把书还给我,没有做任何解释。他的动作迅速,不假思索,只一瞬间,事情就结束了。

我的回忆会在这里停留很久。我努力去详尽地复原那一画面,搜寻事情的全部过程。我总是在怀疑这一转瞬即逝的情节的真实性。我不相信曾经有这样的事发生。时间越久,就越令人难以置信。然而,那的确发生过。过去了整整37年之后,打开这本书,这些残页依然存留在那里,如同无可推诿的证据。这锯齿般的形状就是那个男人用力撕扯造成的,当时是什么样子,现在仍然是那个样子。因为他的动作过快,还把旁边那一页的左下角连带着撕掉了。久久凝视这些残页,我真切地感到了时间的不确定性,时间之水无情地冲刷着人们的记忆,却没有从这本书中流过。这些残页抗拒着37年岁月的磨损,在固执地诉说着那个瞬间,让我感到那个十分久远的瞬间就发生在前一刻。

就是这本1956年3月号的《译文》。从目录上可以查到,他撕掉的是苏联著名作家肖洛霍夫的小说连载:《未开垦的处女地》。肖洛霍夫当时被批判为修正主义文学的鼻祖。让他1965年最终荣获诺贝尔文学奖的史诗般的长篇小说《静静的顿河》,在中国受到了激烈的声讨。

他为什么要撕掉这几页?是担心我受到修正主义的"毒害",还是害怕给他或者给我带来政治麻烦?好像是,又好像不完全是。过了三十多年,再用这样的话语来分析和表达这件事似嫌太简单了。这些书无疑是冒着风险被保护下来的,在1966年那个充满了"红色恐怖"的8月,无论白天还是夜晚,在街头经常会见到焚烧书籍的火堆,书的主人就站在火堆旁遭受凌辱。能让这样一些书幸免于难,需要极大的勇气和精心的隐藏。到了1969年,中国那场大规模的破四旧抄家焚书运动过去三年了,文学名著在人们私下的生活里已在悄悄流传而不再被视为危险之物,这对知识分子夫妇为什么要主动抛弃这些珍藏多年的书?是他们的生活发生了变故,还是对未来已经绝望?

他们既然断绝了与书的联系,为什么把《译文》送给我?又为什么只让我保存着这些书,其他的书却一本也不给我?《译文》里刊载的许多西方作家的作品,是被严厉批判,严格禁止的,这他们应该是知道的。他们既不怕造成什么影响,也不在乎是否"有毒",可为什么又撕掉了肖洛霍夫的作品?我们不过是萍水相逢,彼此之间不该有什么顾虑。如果有的话,他不是完全可以不给我这些《译文》吗?对于这些,我至今

也难以作出合乎情理的解释。

也许，有一些个人的苦难我们永远难以知晓，有一些心灵的希冀我们永远无法体察；也许，他撕掉那几页书，只是在长期的思想灌输中所形成的一种无意识行为，具体的动机或原因并不在其中。也许是吧。对于那个时代里所发生的许多事情，随着时代的演变，我们似乎越来越难以准确地辨析了。然而，那个超越了时间的瞬间却真实、生动、不可磨灭地定格在那里，清晰展示着这对普通的知识分子夫妇在强势政治笼罩之下内心的冲突、挣扎与变异。这个在历史与时代合力挤压之下所形成的瞬间，将永远诉说着中国知识分子经历过的日子，诉说着他们曾经的惊恐、软弱、无奈和辛酸。

麻袋里的书全都倒了出来，堆在地上，一片凌乱。那个男人撕掉书页时的决绝神情，让我感到他不会再给我书了。我给他钱，他笑着摇了摇头。这样，我就更不好意思提出要求了。

在此后的一些年里，一想起这件事，我就非常遗憾，心中会抱怨那对夫妇没有多给我一些书。如今，我不再这样想了。假如能够再见到他们，我只想向他们说出我心中永存的感念。这些《译文》是他们在商量了之后给我的，这一定是他们非常喜爱的书，他们是在向我推荐这些书。那个男人对我说：这些书不错，可以留着。真是这样。这些书非常好，我一直留着。我数次搬家，扔了许多东西，但这些《译文》我一直留着。我想我会一直留下去，留在我全部的岁月里。它们属于我青春记忆中最宝贵的那一部分。在这些书里，我第一次读到了果戈理的《涅瓦大街》、巴尔扎克的《高利贷者》、斯坦倍克的《珍珠》、海明威的《老人与海》、安娜·西格斯的《已故少女们的郊游》……有生以来，我第一次发现，人的情感世界竟然是这样的丰富，而且可以如此表达。在那些孤寂的夜晚，我一遍又一遍地读这些魅力无限充满了爱与真诚的文字，让它们带我离开那个压抑、刚硬、乏味而又令人惧怕不安的现实世界。尽管每一次都是短暂的带离，对我来说，也是好的。或许，正是这些人类最美的感情和最美的表达,在那个抹杀个体生命意识的年代,悄然潜入我饥渴的生命,成为我寻求心灵自由发展的一种积淀。在那样的日子里,读这样的书,书,已经完全超出了书本身的意义。它是灵魂的支撑,是生命构成中不可或缺的基本元素。

今天,当说起这一切时,我又清楚地看到了事情的另一面:在那个时代里,文学本身的意义和它在一个人生命成长中所起的作用被无限地放大了。在一个荒谬的时代,一切都无可逃避,围绕着书以及读书所发生的故事同样也浸染着荒谬的色彩。当贫瘠的青春生命只能到文学作品里去寻求滋润时,人与书的关系就被扭曲了。历史在给我们留存了一点点温馨的同时,又注入了说不出的苦涩与悲哀。

我永远也忘不了1979年冬天的那个晚上。夜已深了,妻子和儿子在那间用衣橱隔成的小“卧室”里熟睡了,门外回旋着荒原上无遮拦的风,我在灯下的饭桌上看书。这是朋友刚给我送来的一本上海文艺出版社1978年出版的《外国短篇小说选》。那时,尽管文学已经解冻,可在偏远的地方,还是很难看到文学书籍。这是我多年来看到的第一本新出版的外国小说集。然而想不到,当我坐下来准备阅读时,我发现我根本无法开始读这本书。我刚一打开书,就梦魇般的全身发抖。我几次试图一页一页地往下读,可我根本做不到。我只翻到目录那一页就停住了。我的眼睛发烫,手颤抖着。我竭力克制着自己,然而一看到目录上那一个个作家的名字,一篇篇小说的题目,我就又激动起来。我不得不一次又一次地站起来,搓着手,在小屋里来回走着,让自己能平静下来……这本书收入了几十篇世界著名的经典小说。多年来,我一直在渴望着能读到它们,而当我面对这些作品时,它们竟然成了我阅读的障碍!这是即将享受到极大快乐时的不知所措,是对幸福不期而至的无法承受。

这样的夜晚,已经一去不复返了。

不久前,我在一次讲座上对一些大学生说起这个遥远的冬夜,他们

都笑了。他们觉得很可笑——那是很可笑。对那个年代所发生的许多事情，他们都会觉得很可笑。比如这本1956年3月号的《译文》。

又一次想起了那对夫妇。

事情真的是过去太久了，记忆也像这些破损的残页，最终只能由我自己的人生来收藏。我总觉得，37年前秋天的那个下午，那个瞬间，还蕴藏着许多东西。然而，当我要传达它们时，却常常感到惘然。彼时的人物、情景、光线、声音、气息……以及弥漫其间的岁月尘埃所散发出的某种感伤，是那样的遥远，遥远得没有了温度，没有了感触，丧失了激情，让人想说却又难以言说。其实，那一切早已凝固了，凝固成一块晶莹剔透的琥珀。这是属于历史的一块琥珀，它封存了一个悲凉而又温馨的时刻，封存它的是造物主洒落的一滴泪水。

《北京文学》2006年第11期（入选《青岛文学60年作品选》）

同学聚会

　　同学聚会,原本是一种追述生活的方式,是想对自己进入社会之前的那一段生命做一次确认。好像不这样做,不去说那些已经变作化石的学生时代,就不能证明自己也曾美好真诚地活过似的。已经是变成了男人和女人的一群人,已经是满面伤痕的一些人,这些人的少年早已死去很久了,几十年不曾相聚,却突然萌生了要见面的念头,说是要聚在一起,说一说。

　　要说些什么呢?

　　许多年以前,我们在那间教室里上课的时候,还只是一些读初中的孩子。在那个年龄里的孩子,往往误以为人生的梦都属于未来,而不知道当时所处的时间,以及在这个时间里环绕于四周的事物,其实就是人生中一个美好的梦。只是这个梦在几十年之后才会被梦到,当你梦到它时,才发现你所向往所追寻的已经消逝在少年岁月里了。

　　在那个时候,没有人能猜出在未来的人生戏剧里谁会扮演一个什么样的角色。作为初中生,不仅前面的生活会充满了各种不同的变化,就连容貌也都还没有最后定型,故做成熟的脸正处在变化的开始。它必将被日后的生活雕刻得面目全非。离开学校30年之后,有一天,我接到同学聚会的通知,我就去了。我踏进房间门,又退了出来。坐在桌子旁的那些人,我一个都不认识。同样,他们也不认识我,没有一个人起身同我打招呼。可这些人就是我的同学。在四年多的时间里,就是他们曾经和我一起度过了从14岁到18岁这段时光。在那个晚上,当我辨认

出他们就是我的同学的那一刻,我陷入了时光倒错的恍惚之中,我看到了一群少年瞬间变成老人的可怕景象。

岁月所带来的印记还不是最难堪的,最难堪的是历史的印记。当关于课堂、考试,关于课外活动的话题说完之后,一种难以名状的气氛就在饭桌周围弥漫开来。大家不知道再说些什么,但又总觉得有些事情没有说。也许,不需要再说什么,相同的年龄已经决定了有一些共同的命运我们谁也不能摆脱;也许,无法再说什么,30多年的时间距离无疑也构成了彼此的生命距离。可是,还有另外一些事情,同样属于那个校园,属于那间教室,属于整个班级的共同记忆,对这些事,大家都小心翼翼地回避不去说。我相信,这些事情没有一个人会忘得掉。它是如此的鲜明和深刻,超过了所有其他的记忆。它发生在1966年6月7日下午四点十五分,我们中学生活的最后记忆就终结在那一刻。

那无疑是我们人生中的一个转折点,一块里程碑。平静有序的生活在刹那间就遽然改变了面孔。一切猝然来临,令人措手不及……本来还有一个月我们就要毕业离校了,可是被留了下来,留在校园里。然后,进入了一场突如其来的被称为"文革"的噩梦。

上课的日子骤然终止了,对绝大多数同学来说,这终止成了永远的终止。在此后的几十年里,上课的日子再也没有重新开始。在当时,没有人知道那就是他一生中的最后一课,没有人记得那最后一堂课上的是什么课,没有人想到,这最后一课,竟是同学情谊、师生情谊丧失前的最后时刻……

聚会的宴席在继续进行。啤酒倒进杯子,泡沫溢出,漫向桌面。怀旧的话题越过了那段不堪回首的时光,迅速地转到现实生活,大家开始相互劝酒,开着玩笑,说话随意起来。当年头脑机敏的,依然滔滔不绝;当年不善言辞的,仍旧在默默倾听……

在阵阵笑语中,似乎那曾经失落的同学之情师生之情已经回来。

可我分明感到，有一种冰冷而锐利的东西，自远处缓缓而来，无声地穿透墙壁，进入这间屋子。这就是那些往事。当年，我们分开时，它散落在每个人心里；今天，我们聚在一起，它就组合成一种整体记忆，不期而至。它总归是要回来，回来寻找我们每一个人。

置身这一场景，谁会想到，在这些人当中，几十年前曾经充满了无缘无故的恨。对老师的恨，对同学的恨——同学与同学之间，学生与老师之间，那种原本温馨的感情气氛在一瞬间就不复存在了。本来是可亲可敬的老师，相处融洽的同学，一夜之间就成了仇敌。好像在这之前，他们各自戴着一幅假面具，只是为了等候某个时刻的到来，而后显露出狰狞的本相，发泄出内心的苦毒。我曾把那些事情说给一些大学生听，他们怎么也不相信，他们不相信是因为他们不明白：为什么在光天化日之下，这些看似单纯的十七八岁的学生可以毫无顾忌地把墨汁把糨糊倾倒在老师的头上，可以兴高采烈地去抄班主任的家，去抄同班同学的家，任意辱骂他们的家人，砸碎烧毁日常生活用品，拿走他们想要的东西，然后扬长而去……他们在做这些事的时候，是怀着一颗怎样的心？他们的仇恨从何而来？真的是所谓的阶级仇恨吗？如今，人们已很难理解那些少年所做的残暴的事情，那些事情不再被叙说，施暴者也故意遗忘，他们瞪大眼睛，做出无辜状：我哪能做出那样的事啊。于是，那些耸人听闻的反人类罪行被压缩进几个固定词组里，成为一种遮盖，替代了对人之罪性的反思。没有经历过的人，从中读出的或许只是一大堆抽象的概念；而在那些饱受伤害的当事人眼里，每一个词都叠印着无数个屈辱的场面，每一个字都刻满了令人心碎的记忆。

这不是一些事情，是一道道裸露在我们生命历史中的伤口。今天，当人的价值、人的尊严以及家庭、私人财产、私人生活等等所原本具有的神圣内涵日益成为社会追求的时候，这些铭刻在普通百姓心中未曾平复的伤口，会随着岁月而加深，随着时间而更痛。面对这些伤口，你可以去找一些解释来涂抹它。到时代中去找，到制度中去找，到历史中

去找,甚至到别人那里去找。可是,如果我们到那自始即有潜藏于人性深处的某种罪性欲念中去寻找,就会丧失任何逃遁推诿的话语。所有的解释都只不过是寻求自我安慰和释放的借口,只有欲念才是永恒而真实的,这亘古以来的欲念,让你不再拥有因为少年无知就可以自我赦免的理由。也许,这就是为什么,每当我想起那些往事,浮现于其中的我和我的同学们,永远是成年人的形象。

班主任老师已是满头白发,还像年轻时那样温文尔雅。他依然挚爱着这些他为之付出三年心血的学生,他坐在那里,宽厚地微笑着,听学生在说他当年如何敏捷地跃上双杠,做出令人惊叹的倒立……整个晚上,他都满脸慈祥地看着眼前的他的这些学生,同学们给他敬酒,他高兴得不知所措。他正在享用着他生活中最幸福的时刻。

作为老师,他原谅了伤害过他的学生。可是,对我们这一代人来说,在同学聚会上,如果故意回避那一切,不去面对,不去反思,既没有灵魂的忏悔,也没有当面的道歉,那就是这一情感活动中的一项根本性缺失。这样的聚会,就不是为回忆而来,而是为遗忘而来;这样的聚会就显得虚谎不真,充满了言不由衷的矫情。不管你承认不承认,那些事情已成为我们怀旧的一道屏障,遮挡住我们那曾经如草叶一般绚烂、如溪水一样清纯的少年日子。如果你想绕过这道屏障,去重温在此之前的那些美好,就会发现它不只是屏障,它还是我们那一段生命里的泥石流,它侵入了那些日子污染了那些日子,想把其中自认为美好的那一部分单独剥离出来去追忆、抚摸、怀恋,这样的事情难以做到,如果强要去做,就不可避免地陷入一种矫情和自欺。我们完全失去了怀念中学时代的资格,它早已为那个荒谬可悲的时代做了陪葬。

这是我们必须承受的一份历史伤痛。几十年来,有一些东西一直在跟随着你,让你在生活中不断付出沉重代价。"栽种有时,拔出所栽种的也有时。"请不要抱怨命运,这是无法逃避的历史宿命。记得物理老师曾经说过,惩罚你们今天所做的是你们的未来。当时,我们只是哈哈一笑。而今天，就是当初的未来。回望走过的路，再一次来聆听这句话，你还能一笑了之吗？

如果以上这些不是必须要说的，那么在这样的同学聚会上，都要说些什么？又能说些什么呢？

《青岛日报》2004.7.20

同学萧薇

我的一个叫萧薇的初中同学四年前死了。她死的那天晚上,在她住的那所房子里,传来她与丈夫的争吵声,到深夜时分,声音突然消失。然后,到了早晨,殡仪馆的车来了,把她拉走了;说她上吊自杀了。

这是我母亲告诉我的,母亲与萧薇同住在一条街。她老人家还说了一个细节:她那16岁的女儿竟然一声未哭。她女儿的年龄,正是她和我们一起坐在教室里听老师讲课时的年龄。

我突然从中看到了时间的残酷性。如果萧薇的死讯在35年前的某个早晨传来,全班同学都会感到无比震惊,那个早自习肯定是上不下去了。大家会在很长一段时间里,不断地说这件事。坐在我课桌前排的这个又瘦又小的小女孩突然不来上学了,她死了,她自杀了。这样的事会让每个同学都无法接受。

是时间让我们接受了许多原本不能接受的东西。在这个世界上,我们越是活下去,越是明白:原来,最终是时间改变了我们的一切。35年之后,听到萧薇死的消息,我只是微微地有些惊讶,而其他同学竟连这惊讶都没有了。在最近的一次同学聚会上,我提到了这件事,大家半天没有反应,只是有人"唔"了一声,然后继续喝酒。一直对这件事耿耿于怀的兴国憋不住了,他瞪起眼,大声说道:"你们看前天的晚报了吗?萧薇可能是被谋杀的!"他一边说,还一边去拿他特意带来的那张报纸。

据心理学家说,判断一个人是否进入衰老状态,有一些这样或那样的检验标准,其中有一条是:这个人是否不再读推理小说了。按这个标准,我在那天晚上的酒宴上看到的是,同学们的确都已经老了。

萧薇在班里基本上不说话,不得不说时,也只是说一句,那声音细小到勉强能听见。课堂三年,她一直坐在我的前面。三年里听到她说的话大概一共不会超过十句。也不记得老师在课堂上提问过她,尽管有时她也举着瘦弱的手臂想回答问题。课外时间,她好像也没有与哪个同学有过什么交谈,别人和她说话,她只是微微一笑。她留在我记忆中的整个形象就是四个字:无声无息。那是一个如火如荼的年代。在班上,每个同学都努力要把自己搞得革命气氛浓浓的,做到这一点的最好途径,就是多说话:在主题班会上说,在学习小组里说,在和团干部交心时说,用说来表白自己。不说,会被指责为不愿暴露思想。可萧薇好像是一个例外,她极少说话,从不发言,也没有人去关注她。她就这样无声无息地,心平气和地游离在班级大大小小的事件之外。

喜欢悄悄生活的萧薇,最后竟然是在与丈夫的激烈争吵后离开了这个世界。

我完全想象不出她大声喊叫的样子。那是无法想象的。

母亲说,他们一直吵到半夜,最后,德浅的媳妇发出的哭喊声不像是人的动静。全楼都听到了。

德浅,是她丈夫的小名,他的大名叫朱建设。

中学生活在还没有结束的时候就被终止了。在一个炎热的下午,校园突然陷入了混乱,"文革"开始了。在而后一年多的时间里,全班同学四分五裂,分成了好几派,离开学校时,竟连一张全班的毕业纪念照都没有留下。萧薇从一开始就在大家的视线里消失不见了。后来得知,她是随着父母被遣返到农村去了。

在这之前,没听说过她出身不好或父母有什么问题。被抄家,被遣

返,表明她的家庭属于人民的敌人。那么,萧薇那种柔弱文静的性格,是来自父母谨言慎行的影响呢,还是缘于良好家庭教养所形成的一种气质?对此,现在已很难作出判断。不过,有一点是确定无疑的,她决定嫁给德浅,是悲剧的开始。悲剧的兆头是在两个不同家庭两种不同生命形态相互映衬之下显现出来的。潜伏在德浅血液里那种原始的邪恶情欲,他那不动声色的残忍天性,注定要把萧薇吞噬掉。不能确定的,只是时间的早晚而已。

我认识德浅这个人,他就住在隔我母亲家有两个门距离的中兴里大杂院里。他父亲在铁路上当搬运工人,他是独生子,长得胖头大脸,身材滚圆。德浅在铁路学校上学,他身穿铁路职工服,走在那条破旧的老街上,风纪扣卡着他粗短的脖子,五个铜纽扣在阳光下闪闪发亮;他目不斜视,一本正经,表现出一副唯我独尊的架势。

我们瞧不起德浅,除了他虚谎不真,还因为他那种当家做主趾高气扬的样子。德浅属于这样的一类人:你不需要知道他更多,只凭着他阴沉贪婪的眼神,就能够了解他内心的诡诈。那时,失业青年们为了找到一个临时工作,经常在街道办事处聚集。德浅来了,他谁都不理,径直奔向女孩子们坐的地方,一到那里,他就变了个人,满脸灿烂,又会说又会笑。他的笑殷勤而又节制,声音圆润轻柔,小眼睛里闪耀着谄媚的光。后来发生的事情表明,在德浅的生命里,根本没有爱情所必需的元素,而只有对女人的需求。女人,就是他欲望的捕获物。

萧薇是被德浅的那种假象所迷惑而嫁给他的吗?无论从哪个角度说,德浅都毫无理由娶她为妻,她不应该是他所艳羡的女子,他爱追寻的是那些活泼漂亮好卖弄的女孩子, 只是这样的女孩子会很快看穿他,鄙视他。而萧薇也不应该会看上德浅。是因为她需要某种政治色彩的保护吗?抑或是轻信了德浅的甜言蜜语和微笑。听说他们是经人介绍而相识的。这样,事先,德浅就会成功地把自己伪装起来。

　　结婚之后，他们有了一个女儿。不久，德浅隔壁的邻居就出来说，德浅经常打媳妇，在夜里打她，还不让她哭，她也从不出声。只能听到德浅发狠打她时发出的"哼哧哼哧"的声音。第二天，便会看到她脸上脖子上被打被拧的紫一块青一块。问她，她只笑笑，一声也不吭。有一次，我回母亲家，隔着玻璃窗看到萧薇在街上走，她像在学校时一样，轻悄悄地走着，不看任何人。我发现在她身上有一种东西让人感到不对劲：她走在这条老街上，像是走在别处；她神情恍惚，眼神散漫，两只眼睛直愣愣地直视前方，像是看见了什么，又似乎空无所见。母亲说，她前一个时期得了精神病，时好时坏。

　　看着她的背影，我的心情沉重。命运到底是怎样引导着萧薇走到了德浅身边，有关婚姻的事情真是令人难以猜度啊。它呈现在我们面前的往往是一些难以预料的偶然。其实，每一桩婚姻的背后，都有着这样和那样的必然。我们不知道，构成德浅和萧薇婚姻的必然有哪些；也不知道，在这些必然中，蕴涵着多少时代的社会的或者政治的因素。可有一种应该有的必然显然不在其中，那就是爱情的必然。或许，萧薇在与德浅的交往中享受过对爱情的瞬间体验：在赴约的路上，在出嫁的前夜，在穿上婚纱的那一刻……即使有这样的时刻，她所体验的也不过是她少女时的憧憬而已。爱情在他们中间从一开始就不存在，"爱情"这个词，在这个关于我的同学的真实故事里，是一个极其奢侈的词。

　　这样，对她来说，精神错乱，或许倒是一种保护，让她不再时时面对现实的痛苦。她得精神病的原因，据德浅说，是她在饭店上夜班的时候，被一个醉汉抢起酒瓶子砸在头上造成的。这只是德浅的说法，谁知道事实真相究竟是什么呢？德浅在杀了他第二任妻子之后，又是表演，又是说谎，对这样的人，你还能相信他什么呢？

　　萧薇工作的那个饭店我去过，那是一个开在工厂区的国营小饭店，我是去买松花蛋。她站在柜台后面，身上系着一件白色的大襟。这是我

们离校十多年后第一次见面,她既不感到意外,也没有老同学应有的热情,她的表情就像我们一直还在学校里天天见面似的。她依然不多说话,默默地给我挑拣那些大一点的松花蛋。那时她好像结婚不久,精神还没有失常。据说,她得病之后就不再上班了。

这是20多年以前的事了。我已经忘记了那次见面都说了些什么,只是有一幅画面至今依然清晰:她站在那里;流着污水的地面,黑乎乎的墙壁,油腻的玻璃橱柜,飘散着的油烟,她像一个梦游者平静地站在其中。

德浅最终在30多岁娶了一个沉默寡言规规矩矩的女孩子,无非是为了成立一个家,他把这个家当作他罪恶人生的一个装饰。萧薇是什么时候才明白了她单纯的感情所遭遇的是一场劫难呢?或许她本就没有过多的奢望,她只希望有一个可以过安稳日子的家。她的愿望没有实现,她始终游离在这个世界之外。她不只是在学校里不说话,她一生都是在默默无声中度过。应该说,她在那个夜晚所发出的尖利喊叫,表明她直到生命的末了才结束了游离状态,进到这个现实世界。她进入这个世界是为了向这个世界求助,可为时已晚,很快,一切就结束了。

我们有理由怀疑是德浅杀死了萧薇。母亲转述邻居的话说,半夜死的,一早就火化了。向外抬的时候,她的一只脚露在外面,德浅慌忙把它塞进被里,她的脚还是软的。德浅不让他的女儿哭,他的女儿就不哭。

用细节加语调来阐述自己的看法,是老街邻居们独特的表达方式。我的怀疑更多的来自某种直感。而兴国则直截了当地作出判断,他不假思索地说:"肯定是'猪头'杀死了她!"猪头,是德浅的外号。但,凶杀,或者谋杀,没有任何证据。

在萧薇死去四年之后,2004年1月上旬,本市报纸刊登了一则新闻,报道说:朱建设因另有新欢,用"毒鼠强"毒死了他四年前再婚的妻子。经法院一审判处死刑。

当年,萧薇一死,德浅就结婚了。四年后,他杀死了他的第二任妻子。报道说,几个月前,朱建设又同一名于姓女人相好,向妻子提出离婚,妻子不同意。有一天晚上,朱建设在做饭的时候,向锅里投进了"毒鼠强"……看到妻子吐着白沫死去,朱建设跪倒在地放声大哭……

事情的关键在于死者的亲属没有被德浅的表演所迷惑,他们感到蹊跷,坚持要德浅报案。在德浅的周密设计里,这是他的一个重大疏漏。四年前,萧薇夜晚死去,第二天一早就被德浅火化了。她的亲属没有一人到场。这样,在德浅的杀人经验里,无疑缺少了这一方面的提醒。

如今,怀疑萧薇是被德浅杀死的理由更充足了。从时间可以推定,德浅在杀死萧薇之前就与被他四年后杀死的那个女人相好了。与"新欢"另建家庭,会构成德浅杀妻的动机。可对这些,我们仍然只能是怀疑,没有任何证据。没有证据,就是永远的悬疑。萧薇死去的那个晚上,究竟发生了什么,我们依然一无所知。我想象她孤独面对死亡的情形,在那绝望的一刻,她一定盼望有人来救她;她一定还会有一个强烈的愿望:希望人们知道她死的真相。

兴国给公安局的朋友打电话,要求他们审问朱建设,查证第一个妻子是不是也是被他杀死的。公安朋友的回答是:反正是判他死,查不查的没有什么意义了。

是啊,是没有意义了。那么,我写我的这个40年前的同学,写她的婚姻、她的死,意义又在哪里呢?

的确,这是一个古老的故事。千百年来,这样的故事一直在发生。人们已经不感兴趣,更没有人去关注故事远没有开始时那些人生最初的日子。

此刻,我又一次回到了那间我们在里面上了三年课的教室,眼前晃动着同学们模糊的身影,还有一些单纯的话语,一些焕发着朝气的事

情,被年轻质朴充满了热情的气息环绕着,一切都显得温馨而朦胧,柔弱文静且在同学里毫不起眼的萧薇浮现于其中是那么清晰。真想不到,有一天,我会来记述她的婚姻和她的死;在那时,她决不会相信,我今天所记下的这些是属于她未来的日子。是的,在那时,所有的日子都还没有来临。这样看来,短暂的中学生活,在她的一生中就不再是一个过程,也不是一段经历,那是她生命里程中唯一美好的目的地,是她唯一实现过的理想之梦。

萧薇的座位就在我的前排,她端坐在凳子上,一动不动,屏声静气,一心要听好课。我的同桌曲利民爱搞恶作剧,他用课桌去挤她,挤一下,她就把凳子向前挪一挪。最后,她实在挪不动了,就忍着,不做声。下课了,萧薇站起来,转过身,她的脸涨得通红,她轻声细语地对曲利民说:你要干什么呀?

这个场景一直跟随着我所写下的每一段文字,它总是浮现在字里行间,挥之不去。

《北京文学》2006年第4期

上 班

四十多年前,在我大约十岁的时候,在离我家不远的那条商业大街上,我几乎每天都会看到一个女人,在这条街上急匆匆地走来走去。在当时,我觉得她是很老了。现在想起来,她大概只有三十多岁。

她穿戴整齐,夹着一个包,昂着头,走得很快。她从街的那头走到街的这头,又折回身去走向街的那一头。整个早晨甚或一个上午,她都在这样不停地来回奔走着。她在人群里穿行;她的脚步坚定而有力,在人群中蜿蜒穿行,不断超过挡在她前面的人;她一次又一次像风一样掠过商店的橱窗和门口。今天,当我隔着四十年的岁月,凝望浮现在我面前的这个女人时,在我面前的就不单单只是这个女人,这个女人是同环绕着她的事物融合在一起不可分离也不能分离的。是的,如今,我所看到的不只是这个女人单独一个人,出现在我眼前的是一条繁华的大街,是人行道上熙来攘往的人,是那些敞开门的商店,是间隔了我视线的汽车。这个女人就是这样凸显于这场景之中的。她头发飞扬,目不斜视,行色匆匆,执拗地在这条街上往返来去。

突然间,我在这条大街上看到了我自己。这个整日在街上游荡的懵懂无知的孩子,也应该是构成这场景的一部分。他正像多次所做的那样,尾随着这个女人,不断故意地大声问她:喂,喂!你要到哪里去,你要到哪里去?

此刻,我又一次清晰地听到了那个女人的回答:"上班,上班,我去上班。"这回答从四十年前的那条大街上传来,听起来更加卑微,更加

焦虑和惶恐。在孩子恶作剧的追问之下，她走得更快了。她开始了不停的自言自语："我要去上班，上班，上班。晚了，晚了，已经晚了……"

我注视着这一切，这一切看起来是这样不可思议，令人难以承受，以至痛苦不安。在这个女人的生活里究竟发生了什么？围绕着上班究竟都发生了些什么事情，以至于让上班这件事成了这个女人灵魂中无法挣脱的一个症结。在这个神志迷乱的女人所生活的那个年代里，能不能上班常常意味着许多和上班无关的东西。那是一些人对一个人的社会位置所作出的注解，那是整个社会对一个人的论断。能够上班而不能去上班，在很多时候表明你是被抛弃了，你是被人们从时代列车的窗口扔出去不要了。

可笑的是那个孩子。对这个孩子来说，那些渴望上班而不能去上班的日子还没有来临。他不可能想到，后来他刚刚踏进社会，就与这样的日子不期而遇了。这经历成了他一生中不能消解的隐痛。今天，当上班——工作、劳动——已脱下"神圣"的外衣而恢复了它原本意义的时候，这经历让他又一次站在这里，满怀着无以言说的心绪，再一次凝望那条大街，凝望那个匆匆忙忙赶着去上班的女人。

《青岛日报》 2002年12月3日

你不应该沉默

　　多少年来，我很难对一个沉默者的内心状态作出判断。"沉默为金"，是的，这很对——在有些时候，在有些场合。在这里，我说的是另一些时候和另一些场合。在这些时候，在这些场合，我们应该开口说话。可我们常常听不到声音；或者说，我们听到的是沉默的声音。

　　是的，是沉默的声音。那是一种令人窒息的声音。

　　让我对你讲讲四十多年前我少年时的一次经历。那是冬天，在一个下午，我到水站去挑水。地上有雪。我大概有十岁，长得很瘦弱，个子也不够高，扁担两头的水桶只能刚刚离开地面，走在路上，桶底有时就会擦着积雪。那样的一幅景象，如今在我们的城市里是见不到了，如果有——请想想，你会感到那是不可思议的。现在，我常常听到有人深情地回忆上世纪五十年代，说那时的人是多么的相互关心，相互帮助。这我可不知道，那可能发生在大人中间。我所知道的是，一个十岁左右的孩子，挑着一担水，在街上摇摇晃晃地走，不会有人来关心他。那是很常见的。水桶接满了水之后，我必须双手使劲将其提离地面，然后再用膝盖推着，才能把桶挪到一边。每一次，水都溅湿了我的裤子。可是从来没有人来帮过我。这就是我的记忆，这就是记忆中我的上世纪五十年代。

　　还是让我们进入我的那次经历吧。当我来到水站时，那个看水龙的老太太已经准备下班了。她拉下小屋的小窗玻璃，围上黑围巾，戴上

黑线帽，就要离开。我敲着小窗，恳求她打开水龙上的锁，卖给我一担水。她没有搭理我。我急了，大声嚷起来。这时，她俯下身子，打开了小窗。下面发生的事是我想忘也忘不掉的：她用一根枯瘦的指头指着我的脸，咆哮着：你这个小兔崽子，为什么骂我？

　　四十多年过去了。那位老人应该是不在人世了。我也即将成为或已经成为老人。我想，我今天所说的这件事，已经同我无关，也与她无关。漫长的岁月改变了我们当事人的身份。这样，你应当相信我在这里公布的真相，那就是，我没有骂她，或者说，那个孩子没有骂她。

　　我是在贫民街长大的，骂人并不被当作是多么严重的事。然而，在当时，这种不实之词的指控，除了使我委屈，更让我害怕。我怕她为此不卖给我水。水缸里只剩下不到一瓢水，而母亲正病在床上。

　　在辩解无效之后，我哭了。我想到要寻求援助。这大概是我人生第一次向社会寻求道义和良知的援助。这个援助其实很简单：有人给我作证，我没有骂人；我要得到这个援助也很容易：此时，正有一个人站在我的身边。

　　这是一个高大、结实的男人，记忆最深的是他那络腮胡子和明亮有神的眼睛。他也是来挑水的，紧随我之后而来。他目睹了事情的全过程。他完全可以为我作证。

　　你说得很对，他没有作证。是的，这个男人，这个魁梧的男人没有为一个弱小的孩子作证。如今，他应该有八十多岁了，或者是七十多岁。因为，孩子看大人，总是看得老些。不管怎样，我也不再把他看做是这件事的当事人。这样，我们就能超出事情的本身来谈论这件事了。

　　你能猜出他不作证，可你能否告诉我，他为什么不作证？对于这一点，我至今不明白。不过，有一点我想了很久，那就是，如果他作证了，人类也许就没有了文学。我的意思是说，在类似这样的事情当中，如果完全没有了不作证的人,真正意义上的文学就消失了。是不是这样?

　　在此事发生后的很长一段时间里,我都在想他为什么不开口说话。大概,就是从那时起,我对大人的世界产生了一种恐惧感,我觉得,我无法对付那个我将来必须要进入的世界。

　　现在,我进入大人的世界已经很久了,我懂得了沉默的重要意义。我也懂得说话要讲究时候与场合。我看到,有人遭逢祸患,只是因为说了几句话。事情过后,人们常常会很巧妙地说他是在不适当的时候,不适当的场合,说了不适当的话,从而经历了不适当的命运。我明白这样的话是什么样的话,也明白说这样话的人是什么样的人。我始终不明白的是,到底什么时候是适当的时候,什么场合是适当的场合,什么样的话才是适当的话。对此,也许我永远也弄不明白。

　　有一点我想可以明确指出:在一些岁月里,在某一些时刻,沉默者的沉默无形中袒露出他们的灵魂。这是一些暧昧的灵魂。同嘴唇一样紧闭着的还有心。那心正在辗转寻求一个安身立命之处。那游移散漫的目光,表明对生命交流的完全拒绝。在这样的人面前,在这样的心面前,你会感到人生真的是很荒凉。然而,你有没有想过,或许就在这一刻,面对这样的沉默,你开始了对生活,对自己的怀疑。一粒沉默的种子会埋伏进你的生命里并悄然生长。终于,有一天……你也会想,在这种时候,在这种场合,由我来说这种话是不适当的。于是,你转身,离去,回家——妻子和孩子正在等着你。

　　四十年前的那个男人一定在不断想着妻子正等他挑水回家做饭,这是我所想不到的。我完全把他当成了我的保护。我靠在他身边,他那敞开的蓝色棉大衣的下摆贴在我脸上,有一股温暖而又熟悉的气味。我想起了父亲,每年过年,父亲从外地回家,他大衣上散发出的就是这种气味。我哭得更厉害了。我想,他就要开口说话了。

突然,这男人推了我一下。事实上,应该是他后退了一步,我的感觉却是他把我推进了一片空旷。我停住哭声,惊讶地抬起头去看他,我看到了他的眼睛。他迅即转移目光,一声不响,去看路边一堆肮脏的积雪。

对视只是一瞬间,但在记忆里,一直凝固到今天。此刻,我再一次注视这目光——这以后我多次见过的目光,这犹疑和怯懦的目光,这缺少爱的目光,这写尽了历史辛酸的目光。这目光,诠释了这个男人的沉默。

然而,那个瘦弱的孩子当时却一点都不明白。在寒冷的暮霭里,他挑起两个空桶向回家的路走去。他听到,在他的背后传来了水龙放水的声音。

《北京文学》2005年第5期

老 人

　　老人是一个王国,是一个富有而又神秘的王国,在夕阳的照耀下熠熠生辉。对此,我们看不见,我们在心里已经把他们抛弃了。我们目之所及,只是凝滞的眼睛,起皱的皮肤,蹒跚的步履。年轻的漫不经心的目光所注视的尽是这个世界的表面。这样,你就错过了许多东西。事情完全不是那样。甚至也不是我们自以为想得很对的那种样子。也就是说,或许你有建立在怜悯和同情之上的对老人的爱,而且有所表达,那也是另外一回事。我在这里要说的不是应该为老人做些什么,而是对于老人我们应该知道些什么。世界上有许多事物,我们只能对其有所了解,却不能够有任何作为。也许,并不需要你做什么。有时,知道比做更重要。可我们又都知道些什么呢?

　　我认识一些老人,我这样说的时候,突然间看到了时间的残酷性:有一些老人,我起初认识他们时,他们并不是老人。他们比我现在年轻,有的还是青年。若干年来,在我的眼里,他们的容颜并没有发生变化,他们的模样始终是那最初的模样。只有在看他们年轻时的照片,才发现他们真的是老了,老的已经成了另外一个人。或者说,照片上那个人是另外一个人,而那个人已经不存在了。时间不动声色却又如此坚韧如此无情。然而,在这些老人的生命里,一定有一种东西可以与时间相抗衡,以至让我看不到他们的衰老。这种东西是什么,是否与生俱来,是否每个人都有,我不知道。我只是在一些老人那里,或者说是在有一

些人进入老年时段的时候,才看到它的彰显。

这种东西不是青春。老人显示的任何青春迹象,传递出的都是一种危险信息,令人感到莫名的不安。真正的青春就像歌中所唱,是一只不期而至的小鸟,在你生命抽绿的枝头刚刚落下,就受到时间的惊吓,疾飞而去,不再回来。没有谁能留住青春,即使你把稀疏的白发染黑,即使你在你的脸上进行各种修改和涂抹,即使你思维依然敏锐,心灵依然蓬勃,也决留不住青春。那是一项你即时占有便即时失去的一次性专利。如果你企图较长时间地占有它,那不仅仅是矫情,是自欺,还是一种危害,它会让真正的青春衰败。同时,又让老人的智慧丧失。

领悟了自然法则的老人不会去羡慕青春,他对这个世界已经有所弃绝;在某种程度上他已经胜过了这个世界。我认识这样一位老人,当年他曾经用他的全部青春去追求民主自由平等。为此,他投奔了革命。在上一个世纪的四十年代中期,他成为一名地下工作者。他在最紧要的时候,被派进敌人的军事机构猎取情报。做这种工作和从事这种工作的人,在过去,在书里,在电影里,在充满神秘色彩的传说里,是完全被浪漫化了。我在这里不是要说做这种事情每时每刻所承受的那种压力,那种孤独,那种惊恐,那种死神始终相伴的威胁。我是要说,在战争结束之后,在胜利之后,在共和国成立不久,以至在此后很漫长的日子里,这位老人,不,在五十年前,应该说是这个年轻人,竟被视为异类。他必须拿出证据来证明自己的忠诚。然而,他的证明只有他自己。

就这样,他在他短暂青春里所做的事情,并没有让他享用他所憧憬的民主自由平等,而是让他付出了惨重的代价。他的一切解释都不被相信,他被罚去做劳役。最大的悲哀是,当后来对他的怀疑同样也不能证实时,他就被搁置起来。他不能再做任何事情。他几十年最旺盛的生命就这样白白地空耗掉了。我第一次见到他,他大概有40多岁。那时,关于他的传奇已经被用来写成别人的故事,其后又搬上了银幕。而他却被宣布他的问题要等到台湾解放才会弄清楚。台湾没有解放,他已进入了老年。终于，有一天，他等到了那期盼多年的认可。这认可我见到过，它是全部写在一张纸上的。这样的一张纸令人欲哭无泪。一切都为时已晚，的确是太晚了……

写到这里，我发觉，我是把我个人的一种阴郁的情绪浸染到关于他的文字里了。实际上，在他那里完全没有这种情绪。至少，我没有看到。从认识他那天到今天，我去看过他许多次，我在他的脸上从来没有看见过一丝慌乱一丝沮丧一丝悲哀，我所见到的永远是温和、从容和岩石般的坚毅。那绝不是一种掩饰，而是他生命的自然流露。对于这一点，以前，我不相信；现在，我不明白。尤其是今天，当一切都显明了之后。有一次，我问他：你后悔当初的选择吗？他说：不，不能说后悔，是有了一些醒悟。

就是这句话——这是一句只有老人才能说出的话。这样的话只有在这样的人老了的时候才能够说出——就是这句话显示出老人独有的那种东西。它是随着时间长成，它是在与命运的角逐中长成。用精神，用力量来说它已经远远不够，用来表述它的词，我还没有找到。它只能来自历史。老人就是历史，是由短暂人生凝聚成的漫长历史。这样的历史足以俯视你我，足以俯视现在。犹如无边的森林，它经历了岁月，它已经是岁月；它经历了沧桑，它已经是沧桑。鸟儿在它这里栖息，即便再次飞离；风雨从它身旁掠过，即便再一次来临。它默默无声，只是望着所发生的一切。

我不应该去向他发问，那是在向过去的日子发问。在那些日子里，我们尚懵懂无知，也未身处其中。可他们的生活在那里，他们的命运在那里；他们的使命在那里，他们人生的历史就在那里形成。与之相伴的是他们的憧憬，他们的激情，还有他们的辉煌，他们的创伤。这一切已经发生，这一切已经消逝。如今，所有的荣辱浮沉都已烟消云散，他们回望的目光，只定睛于过往的生命。他说他不后悔，他说他有所醒悟。

他在这样说的时候，他和我已经不是在同一个生命领域里对话。面对一棵老橡树，我所想到的是这棵树能够做应该做多少根梁木多少个瓶塞。我没有想到的是生命的特质。这是一种轻忽。这种轻忽不只我有，你也有。在暮色弥漫的时刻，你我并不曾与他站在一起。乌云只在他自己头顶的天空聚拢。然而，他孤立无援的生命却张扬着，始终不屈地张扬着。对此，我们不能不说，那美好的仗他已经打过，一生中最有价值的事他已经做成。

老人从一个历史来，从一个时代来，从一种时间来。他们把某些逝去的东西化作内心的存在。他们生活在自己的内心世界里。他们的世界和这个世界已经有所疏离。这种疏离缘于一种忧伤。

有谁谈论过老人的忧伤？不是外部世界造成的，是他们自己给自己制造的那种忧伤。这是一种很深的忧伤。他们不说。不说，是因为他们清楚，对于一些事，对于一些人，已经晚了，没有机会了，不能追回了，无法补救了。即使再想，即使再说，即使再去做，也不能做了，也做不成了。这无法重新开始的忧伤，我在他们的脸上看到，在他们的眼睛里看到，甚至在他们静默时，在他们微笑时，在他们对我说他们有多么超脱时看到。也许，这忧伤只是我看到的，而不是他们的感觉。那么，那些只属于老人自己的那些失眠的夜晚呢？

我有一位老师，在我们都不知不觉的时候，他成了老人。他对我说，他常常在夜里突然醒了，有许多意念纷至沓来，让他感奋异常。这些意念袭击着他，逼迫着他。他再也不能入睡。他必须立刻起床。他说：我迫切想要写些什么，我坐到写字台前，可是我一个字也写不出来。那些纷繁的意念连一个字都形成不了。不知有多少个夜晚，他就这样坐着，一直到黎明在窗口降临。

我只是默默地听着。我知道，他不需要回应。我清楚他那些意念是什么,他想写些什么,他一心追索的是什么。这也许要回溯到很远,要回到我还没有出生的日子,要回到他还没有认识我的日子,要回到我们第一次见面的那个夜晚。30年前的一个冬夜,他走进了我们栖居的小屋。那个晚上,他喝了许多白酒,我也喝了许多。我们也说了许多,先是说到车尔尼雪夫斯基的《怎么办》。当时,我的孩子刚刚来到人世,我们就说到未来,说到希望,说到整个社会将要发生的变化。接着,他又说到了别的,那是一些关于心灵,关于人格,关于感情的独特话语。他说:自由的心灵,独立的人格,真诚的感情,我对这些的追求在学问之上。那个晚上,在我看来,他不是学识渊博的大学教师,他更像一名十二月党人。我用自行车送他回招待所。荒原的冬夜,一切都在完全的黑暗之中,一切都已被寒风吹打。

这样,在我的回忆里,他的追求他的激情,就与黑暗并存,就与寒风相共。

在后来的日子里,我看到,这追求这激情成了他的全部生活体验。那无疑是一种痛苦的沉湎。在某些时刻,我也看到过他的孤独,他的迟疑,他的徘徊。他站在讲台上,能够把沸腾在内心的岩浆凝固成滚烫的无形话语喷发出去,却难以将这些话语巧妙地化作冷静的有形文字。他顾虑炽热的话语会把稿纸焚毁,却又蔑视那些背叛真性情的暧昧文章。这样,他那些才情横溢的话语,他那些深刻的具有穿透力的话语,就只有消散在一个又一个空间。他写出了颇具影响力的学术专著,也有一些风格独特的文章问世。但我知道,他最想写的,他最应该写的,他没有写。这也许会成为他一生的自责。他说:"回顾近八十年的生活道路,聊以自慰的是,我没有放弃我的追求。但在有些时候,我还不能表现出更令人满意的勇敢精神。因为曾经有某种东西蒙蔽我愚弄我的时间太久了。我意识到了这一点,可我已经老了。"

我已经老了这句几乎所有老人都说过的话,此时由他说出,就是一句意义充盈的话。它永远不会让你感到消沉。锲而不舍的生命已经在

深刻的岁月里得到指认。对此,他完全可以宣告。尽管,它令人忧伤,可这是一种具有神圣性质的忧伤。

也许,今晚,我的老师又会失眠。那些意念,那些未曾用文字传达出的意念,又会在寂静的深夜来折磨这位老人。这是他的痛苦。这是他的快乐。对于他来说,那些激情,那些追求,那个荒原的冬夜,永远也不会成为往事。在他那里,老年人所独有的那种忧伤,就含有了某种期待;对我来说,又是一种开始。

《青岛日报》2003年8月29日

婚礼,没有如期举行

2007年的12月23日,我参加了一场家庭宴席。庆贺两位老人的结婚纪念日。

我与这两位老人相识有四十多年了。我总觉得,他们不是老人,他们依然像我当年认识他们时那样年轻,充满了勃勃朝气。如果不知道发生在他们身上的那些传奇故事,在这个宴席上,你也许会认为,这两位乐观、活泼、笑容如孩子一般纯真的老人,好像没有经历过任何苦难;他们正在重温当年步入婚庆殿堂时的温馨和甜蜜。

然而,我知道,今天,不是他们的结婚纪念日;他们没有结婚纪念日,他们没有举行过结婚庆典。

今天是他们60年前被捕的日子。

结婚的日子原本定在1947年12月25日圣诞节。离这个美好的日子还有两天,12月23日下午,国民党青岛警备司令部参谋处二科上尉参谋田敏被从城阳前线指挥部召回,软禁在谍报队;当天深夜12点,国民党军统特务将田敏的未婚妻徐棠从家里带走,关进了位于金口三路五号的秘密监狱。

他们是我党潜伏在敌人内部的地下工作者。

那一年:田敏,24岁;徐棠,23岁。

我们总爱用时间的长度,去衡量感情的硬度,却常常轻忽爱情最初建立的第一块石头,忽略了时间所承载的两人生活。结婚60年,被喻为

钻石婚，表明两个人的爱情始终不渝，是因为经历了如此之久的时间检测。这只是一种简单的外部判断。

60年前，当田敏和徐棠这两个男女青年之间的爱情刚刚萌发时，就已注定，他们的感情从一开始，就必须拥有比钻石还要坚硬的品质，才能经受住比时间更加严峻的考验。

这一点，对徐棠来说，也许更为重要。

1946年初秋一个阳光明媚的上午，徐棠从观海二路53号的家里出来，与田敏在街角相遇。

应该说，这是一次美丽的邂逅。尽管他们两家住得很近，尽管他们在某种场合下见过面，彼此都有所了解。这却是第一次，他们单独在一起，面对面，相互倾谈。

在那个宁静的秋日，两个彼此相悦的年轻人都说了些什么呢？

徐棠，也许仍然沉浸在那场反"甄审"斗争中。1945年12月16日晚上，作为组织者之一，她与文德女中的费筱芝以及另外几个年轻教师一起张贴标语，反对国民党政府的所谓"甄审"。在莒县路路口分手半个小时之后，年仅20岁的费筱芝就被国民党保安队在街头残忍地枪杀了。鲜血浸透了这个文静美丽的年轻女教师的青春年华。面对淋漓的鲜血，21岁的徐棠心中充满了悲愤，充满了对公义的渴望。

田敏，刚刚从胶东解放区归来。三年前，这个19岁的热血青年，放弃了青岛礼贤中学的高中学业，一心要上抗日战场杀敌，他远赴重庆，投考国民党空军学校，并去美国受训。可国民党的腐败与谎言终于让他完全绝望。三年多的寻求、探索，三年多的迷惘、失落，他终于在解放区找到了民族的希望。

他和他的弟弟侯健民受中共青岛地下市委派遣，回青岛从事情报工作。地下联络站就设在他们父母的家里——观海二路53号。

田敏—徐棠，这两个一心追求自由民主平等忧国忧民的年轻人，他们青春的萌动，他们感情的交融，无疑在共同的思想话语中找到了深深的契合。

时代，不容置疑地把他们的恋爱涂抹上了红色；爱情，就是这样与革命一同起步前行。

有所不同的是，田敏已经是一名战士，坚定的信念，深深根植于他的生命之中。

而徐棠，这个特立独行、单纯、真诚的年轻姑娘，对革命最初的向往，或许更多的是来自她富有正义感的女性直觉。当她知道了田敏在做什么时，就毫不犹豫地同他一起踏上了这条出生入死的道路：在她把爱情托付给了她值得终生去爱的人的同时，也把自己交给了一项崇高的使命，交给了一种波诡云谲、危机四伏的生活。

这样的爱情，比死亡还坚强；这样的爱情，穿越时空，在任何一个时代，都令人们神往。

地下联络站又多了一名女性成员。倩影闪动的栈桥，约会地点也是接头地点；爱意绵绵的私语，情话与情报交织在一起。

馆陶路上那些历尽沧桑的梧桐树应该还记得，在白色恐怖笼罩的日子里，徐棠常常从树荫下走过。她从她的工作单位——位于堂邑路11号的联合国善后救济总署鲁青分署——出来，拐过街角，步行到馆陶路22号——国民党青岛警备司令部。每当田敏截获了重要情报，需要尽快送出，就打电话约徐棠到司令部的办公室见面。

司令部的官兵们都熟悉了上尉参谋这位美丽的恋人。情报，一次又一次在哨兵的微笑致意下被徐棠带出。

1947年夏末，蒋介石派陆军副总司令、中将范汉杰来到青岛，准备以五个整编师的兵力进攻胶东解放区。将"胶东兵团作战指挥部"设在青岛警备司令部的四楼。范汉杰做梦也想不到，站在他身边这个叫田敏的英俊潇洒的联络参谋竟然是共产党的人。作战指挥部就等同于设

在了解放军军营里！范汉杰亲自制订的胶东作战方案，第二天就到了中共青岛市委书记宋子成的手上，比下达到国民党整编师还早三天；范汉杰用来遥控指挥空军支援陆军地面进攻的"陆空联络密语"，当即被田敏获取，由徐棠带到联络站，连夜复制，次日就送到了解放区。

关乎胶东解放区我军生死存亡的重大情报总是在敌人行动之前送出，解放军主力部队一直掌握着主动权，蒋介石"三个月消灭胶东共军主力"的军事行动以惨败而告终。地下联络组受到了胶东区党委、胶东军区和华东社会部的嘉奖。

然而，要发生的事终于发生了：正在田敏和徐棠置办结婚物品，准备1947年12月25日结婚时，12月23日深夜，两个人分别被捕了。

国民党济南军统局非常重视，派济南工作站站长栾兆峰来到青岛，要将田敏押回济南审讯。12月27日傍晚，被软禁在陵县支路5号谍报队的田敏得知这一消息后，假称下楼上厕所，趁看管他的特务没有注意，迅速冲出院子，坐上黄包车，到了沧口路，搭上一辆客运车抵达市郊板桥坊。

趁着茫茫夜色，凭着一身上尉军官服，田敏通过了国民党警察局设在板桥坊的关卡。

已经是下半夜了，寒风毫无遮拦地刮过冬天空旷的田野。田敏在庄稼地里浅一脚深一脚、跌跌撞撞地走着，汗水已湿透了他的军装。他心里清楚，这一带国民党的岗哨密布，只要向着西北方向走，过了大沽河，就是解放区。

就在他走近大沽河畔的一个村庄时，突然，村口暗处有人厉声喝道：口令！

这是国民党县大队的岗哨。自被关押之后，田敏就不知道每夜的口令了。他只知道，特殊口令四个字，普通口令两个字。然而，拉枪栓的声音与口令的喝问声同时响起！生死就在瞬息之间，一切容不得多想，必须迅速答出。这时,有两个字未经思索,便脱口而出。田敏毫不迟疑地喊出了他一生中最坚定最高昂的声音:徐棠!

这声音穿透黎明前的黑暗,响彻整个夜空。也许是因为田敏的回答既响亮又含混不清,也许是因为风声扰乱了哨兵的听觉,也许是某些我们无法猜度的原因,

徐棠,这个名字一经喊出,旷野顿时静寂下来。在这个孤独逃亡的冬夜,这个田敏心爱的名字,这个他平日里叫过无数次的名字,竟然成了通行无阻胜利到达解放区的口令。

徐棠,不再是一个普通的名字,在田敏的心灵深处,她早已与信念与憧憬与盼望无法分离地交融在一起了!她是对危情骤然而至的坚定回应,是信心孤立无援时的殷切呼唤,是爱情患难与共的伟大宣告。她是田敏生命中胜过一切的信赖和依靠!

徐棠听到了田敏的这一声穿越历史的呼唤了吗?她正躺在位于金口三路五号的军统秘密监狱冰冷的水泥地上,单薄的草苫遮挡不住逼人的寒气。她不知道她的未婚夫她的战友在哪里,究竟遭遇了什么。她牢记着田敏对她说的话:一旦被捕,绝对不能吐露一个字的秘密。要坚强到底。

面对田敏神色凝重的叮咛,徐棠点着头答应了。这承诺她持守了一生。在敌人的威胁利诱审讯下,她坚称:我爱的是你们的上尉参谋。她不仅经受住了牢狱考验,而且在以后几十年的艰难中,她和田敏一同承受起了所有的日子。在战争结束之后,在胜利之后,在共和国成立后不久,突然有一天,在公安局工作的田敏被打成了"美蒋特务"。没有任何证据,唯一怀疑的理由,竟然是田敏做地下工作时向上级写的工作汇报!根本不容田敏申辩,因为潜藏在冤案背后的是上层复杂莫测的政治斗争,无辜的田敏莫名其妙地被牵涉其中。劳改、修水库、种地、做装卸工……他被告知说他的问题要等到台湾解放才会弄清楚。当田

敏被平反宣布他的清白时，已经过去了将近三十年！在漫长的被弃置被压抑的蒙冤日子里，徐棠和田敏凭借着超越一切的最初爱情，相濡以沫，相互激励，抵御着严酷的击打和折磨；他们始终保持着高贵的生命品质，坦然面对命运的劫难。即使在最无望的时刻，我在他们的脸上也没有看见过一丝慌乱一丝沮丧一丝悲哀，我所见到的永远是从容、乐观和岩石般的坚毅。

就这样，他们的婚礼没有如期举行；被耽搁的婚礼再也没有补上。他们把被捕的那一天作为结婚纪念日。

1949年6月，解放军入城后的一天，天空像水洗过一般的澄清，春风轻柔，阳光灿烂，宛如他们脸上幸福的笑容。风华正茂的田敏和徐棠手挽手，来到中山路天真照相馆照了一张半身相，留下了他们唯一的结婚纪念。

他们没有当众宣告他们的海誓山盟，因为他们不再需要。

《青岛日报》2009年6月8日

刘海军和他的《束星北档案》

　　读者在书的封面上看到的是两个完全陌生的名字：束星北，刘海军。

　　翻开这本52万字的大书，束星北，这位被遗忘已久的天才物理学家，曾经培育过李政道、吴健雄的教育家，连同他悲怆的命运，一下子就进入我们生命的深处。看他的苦难遭遇就像是看我们一个亲人的遭遇，不仅让人感到揪心的疼痛；还会产生一种深深的愧疚：在这样长的时间里不知道他不了解他，简直是一种罪过。

　　刘海军是谁？这个默默无闻，不为人知的作者，是怎样写出了如此厚重的一本大书？《束星北档案》没有广泛宣传，没有着意炒作，甚至评论界至今也没有对它作出应有的评价。可它在海内外读者中却引起了巨大反响，震撼了每一个人的灵魂；它促使人们用新的目光重新审视那段历史。束星北的故事正在流传，它无疑将一直流传下去。

　　我在读束星北故事的同时，还读到了另外一个故事——刘海军的故事。

　　五年以前，我刚刚与海军交往的时候，并不知道他在写束星北，而且已进入了第十个年头。在此之前，只知道他是《青岛日报》文学副刊的编辑，1991年曾写出长篇报告文学《青岛有条"杀人街"》，由他改编的电视剧本《"杀人街"的故事》，被中央电视台拍成八集电视连续剧，获得第八届飞天提名奖。这部较早关注社会底层生活的电视剧，在当时产

生了不小的轰动效应。接着，海军又写了十万字的报告文学《"的哥"
"的姐"咏叹调》，发表在《时代文学》上。此后，就再没有看到他长篇的
有分量的作品。现在知道，那时的刘海军已经义无反顾地走进了历史
的尘埃。

其时，刘海军30多岁，正是在文学领域里大展身手的年龄。他主动
要求从报社科技部调到被认为是"清水衙门"的文艺部，为的是不再去
写"任务稿"，而能挤出一块属于自己的心灵空间和写作时间。他文思
敏捷，采访深入细致，在短时间里就写出了两部有影响的报告文学。如
果这样轻车熟路地写下去，依海军的才智和坚韧，他完全能够在文学
的山路上攀登到一个令人瞩目的峰顶。可海军走了另外一条路，他断
然想不到，这条路是如此漫长。在长达十几年的时间里，他没有走出那
段已经倾圮的历史廊道，没有摆脱那些不堪的岁月，没有从束星北的
身边离开。他的笔一直在束星北被遗忘的命运中孤独地跋涉。

从1988年海军第一次知道束星北，萌动了要写的念头，到2003年
《束星北档案》写出第一稿，经过了15年的时间；到2005年正式出版，
已是17年过去了。他几乎用去了一个人中年的全部时光，却只写了一
个束星北。须知，这是一个作家创造力最旺盛的时期啊。有人问，这值
得吗？

海军在《束星北档案》的后记里说："一件事，一年两年完成，叫做完
或做成一件事，可是一件事要用十年八年或更长的时间来做，其本身
便成为一种生活，这样的生活，一定会对他的人生造成影响或改变。"
其实，写束星北岂止是他的生活，那是他的生命；它不单单影响了他的
人生，还渗透进了他的灵魂。这些年来，每一次见到他，我都有这样的
感受。

好像是缘于我的一篇投稿，我们开始了频繁的交往。隔不长时
间，他和他的妻子就来电话，或者我和我的妻子去电话——相约去郊

游。在那一年里，我们两家四口几乎走遍了青岛郊区所有游人罕至却别有情趣的地方。有时是清幽的山涧旁，有时是芙蓉花遍开的山谷；或者是一个无人居住被遗弃了的小山村，或者是开满了桃花的果园。有一次，我们还造访了山里的一家农户，在他家的平台上，一直坐到暮色四合，群山苍茫。在我们见面的所有时间所有场合里，只有一个话题：束星北。

海军是一个沉静的人，他的语调永远是平稳的，舒缓的，即使叙述最令人愤懑令人伤痛的事情，声音也是轻柔的。看他的《束星北档案》，看书的后记，里面激荡着作者无比丰富浓郁的情感。可他把这些情感只倾泻在文字的深处。生活中的刘海军，总是一幅超逸、淡然的神情，在他的脸上，我所看到的只有两种表情：沉思和微笑。即便他说话，也是沉思着在说，或是微笑着在说。他内心的激情、惆怅、忧愤和苦痛，统统被挡在了这两种表情的后面。后来我才得知，我们开始交往时，正是他情绪处于最低谷的时期。他已经停止了束星北的写作。

文本的失败，不是主要原因。是喧嚣浮躁的时代，是强势变异的生活。当整个社会、人群、家庭都向着一个目标争先恐后地追逐时，每一个不能加入这个行列的人都会受到排斥，都会感到自己被时代抛弃了！海军有几次在交谈中会突然自言自语道：真是迅猛啊，顷刻间就全军覆没了。说完这句话，他就笑了。那笑里含着无奈，还有一丝自嘲的意味。随即他会说起上世纪80年代末90年代初那沸腾着青春热血的岁月，在他周围曾经共同切磋、相互砥砺，以写出作品为最大人生价值的文友们，早已轻看了那种写作激情。如今只有他一个人蛰伏在阁楼上，独自面对几千万字束星北的资料。

于是，他就用说束星北代替写束星北。我不记得我们在别的话题上长时间的聊过，我们几乎总是在说这个传奇的悲剧英雄；有时也说些别的，但说着说着，不知怎么很快就转到束星北身上了。海军在说别的事情时总是心不在焉，神态恍恍惚惚的。一说到束星北，他苍白的面

孔就生动起来,眼神格外专注。于是束星北又一次来到了我们中间。在那些日子里,他几乎讲遍了束星北的所有故事;一些震撼人心的情节和细节,他会一次又一次的讲,每次讲都讲得很投入。就这样,束星北成了我们郊游的一项主要内容,只有背景每次不同,那是变化了的美丽的自然景色。

有一次,我们到了月子口水库,两山夹峙,水面开阔,一块块巨大的灰褐色护坡石已被岁月磨损。哪一块石头是束星北为了争取评上较好队员而用他衰老的躯体抬上来的呢?站在巍峨的水库大坝上,周围一片静谧。一切都已消散,一切都还存留在这里,只有风和阳光默然诉说着那些浸透了血和泪的日日夜夜。整个库区连一块记载当年建设的碑石都没有。奇怪的是,在通往大坝的路口却新砌了一道石壁,上面写着四个红色大字:"饮水思源。"我们与这四个字合影,寻思良久,感慨万千。

青岛自来水公司就设在水库大坝的下面,建得像公园。下雨了,我们坐在树林中的一座凉亭里吃着带来的食品,听着雨打树叶的声音。又开始了对束星北的追念……

回想起那些郊游的日子,实际上,每一次结伴而行的不是四个人,是五个人,那另一个人就是束星北。他成了我们相聚时必不缺少的同伴。到后来,我们非常的熟悉他,热爱他,他就像是我们多年敬爱的师长,我们推心置腹的朋友,我们朝夕相处的亲人一样。听着海军的述说,眼泪常常从心底涌了上来。

不论生活里发生了什么事情,都不能把刘海军从束星北身边拉开。我常常分不清他是在说束星北,还是在说他自己。束星北是一个时代,是一代人的命运,是科学与理性的人类精神。海军是在诉说他生命依存的一个根据,诉说他安置灵魂的一个所在。诚如海军所说,一开始接触到束星北,他想到的是创作的契机,是功利之心。当走进束星北之后,他的灵魂受到强烈的冲击,在这样的人面前,在这样的历史苦难面前,一切个人的得失考虑都会自动让位。那是一种责任，一种使命；是在履行与历史签订的协议书。日复一日，年复一年。在漫长的岁月里，能让海军付出极大代价却依然苦苦坚守的应该是一种更有力量的东西，那就是爱。我们从《束星北档案》里就能感触到这种爱的光照，对真理，对正义，对束星北。

海军重上阁楼，2003年的初春写出了第一稿。尽管我对束星北的故事已经耳熟能详了，可《束星北档案》依然强烈地震撼了我！

可以说，在以往写这类题材的报告文学里，还没有一本书能像《束星北档案》这样对那个时代、那段历史进行了如此严谨而缜密的考证，真实、全面、具体、生动、深刻地反映了中国知识分子自1949年以来在极"左"路线下的命运和心路历程。这些无可置疑的事实，充分展示了在那个特殊的年代，对一个人进行监控改造的有效程序和真实详尽的全过程。一个自由独立富有激情的个体生命，一个追求真理的天才是怎样一点点慢慢被泯灭的。束星北的经历堪称"经典"，《束星北档案》堪称知识分子受难的《百科全书》。

这是一本迟到的书，也是一本及时的书，当整个社会对那段苦难历史集体失忆失语的时候，《束星北档案》让我们看到了历史黑暗渊面之下的冰山，我们对那个历史时期的认知也许只是刚刚开始。

这部书稿所蕴藏的深厚的历史内涵，对整个民族，对中国的历史、现在和未来都有着不可估量的昭示。

令人惊喜的是海军成功地开创了报告文学一个新的文本。可以说，他是第一个从传统报告文学文本中突围的人。关于文本问题，曾在很长的时间里困扰着海军。他多次说，如果按照报告文学旧有的方式写，我很快就能写出来。可我宁愿永远不写，也不再那样去写。

传统报告文学的那种书写方式，刘海军运用起来得心应手。1995年他采访了中国科学院海洋研究所博士祝茜。这位年青的科学家，两

次到北极考察,他与爱斯基摩人生活在一起,最终得到了完好的露脊鲸的眼睛,从而在研究中取得了重大成果。海军很快就写出了报告文学《北极的眼睛》,在《青岛日报》上用两个整版刊出。徐迟看到了这篇报告文学,他非常赏识作者的才华。翌年,徐迟主编一本给青少年读的报告文学集《成功启示录》,由11个作家写11个科学家。夏季,他邀请海军到北京去和他一起写著名的生物学家陈章良。海军一进徐迟的家,便看到《北极的眼睛》就放在他的书桌上。由于采访的材料不充足和时间所限,他俩对合写的《陈章良的生命结构》都不满意。在与徐迟一起写作的日子里,海军印象最深的有两次:一次是徐迟指着《北极的眼睛》说:文学性还不够,可以拉长,还要多加文学的东西,报告文学一定要有浓厚的文学味;一次是徐迟谈起自己的作品说:那些东西写得都不好,没有一篇能够令人满意。唯一感到不错的是《瓦尔登湖》的译文。海军觉得,徐迟说这些话不是故作谦虚,而是发自内心的感叹。这年年底,徐迟跳楼自杀。《成功启示录》应是这位优秀的诗人与报告文学家主编的最后一本书。

海军并没有遵循这位文学前辈的意见,他恰恰看到了问题的另一面,他所努力探索的是如何让"报告"远离文学的虚构。在《束星北档案》里,他所做的是如此决绝,他不但舍弃了文学想象,而且把他最珍爱的东西——文采——也舍弃了(《束星北档案》一书的《后记》,语言优美蕴藉,文采斑斓飞扬,确是一篇上乘的美文,那是海军文字的本色)。他是在用合乎事物本身的形式来叙述,而不是用合乎自己的形式来叙述。他有意牺牲掉自己独特的语言风格,让文字服从于文本的需要,精练、冷峻、内敛、平淡,不着颜色、不求藻饰,与档案材料和当事人的口述浑然一体。

这是中国第一本隐藏了文学的报告文学。它已经不能用类似报告文学这样的体裁名称来指称了。这样的文本把文学放在了"报告"的背后,作者尽力把自己隐去,把属于文学的那份感情隐去,让本真的束星北,让历史真相完全凸显出来。

在读者的视野里,好像只有束星北而没有写束星北的人。作者只是一位历史的引导者,带领读者走进那不堪的岁月,来到束星北孤立无援的命运里,去经历他所经历的,遭受他所遭受的。让我们对这一切无可推诿。这是一份只用事实讲话而不诉诸感情的证词,是一份不含任何想象成分的科学实证报告,是一份冷静理性的病理分析书。可又不完全是,我们时时能感受到蕴藏在文字深处的文学力量和作者巨大的人文关怀。在分不出哪是作者的语言哪是证言的文字里,浸满了无比伤痛的真诚泪水,包含了对束星北无以言说的同情和爱,回响着对历史的诘问和对今天的呼唤。

整个阅读令人非常压抑,读到扼腕之处,很盼望作者能出来激昂的抒发几句,以稍解心中的郁积。可海军太"冷酷"了,他始终是一言不发。以至让读者在读完某些章节后,久久处于愤懑之中无法解脱。我知道他这样做,是在严格遵循他的文本原则。在书的"尾声",海军第一次以"我"的身份在书中出现。他来寻找束星北遗体的下落,却被告知束星北的遗体不仅没有按他的遗愿用于科学研究与教学,反而被丢弃了,被草草地埋在一付双杠的下面。我建议海军在这里对束先生进行一次直接的感情表达,或者是借着对"坟"周围景物,对黄昏阳光的描绘,把压抑的感情在这一刻喷发出来。然而,他终究没有接受这一建议。他决不突破文本的限制,他坚持不去影响读者,即使到最后,他也要让读者独自面对这一悲凉的场景,去咀嚼无奈的辛酸。

《束星北档案》终于出版了。人们竞相争阅,购买赠送;新闻媒体纷纷来找海军采访。海军行事低调,听说采访,心中惶恐,常来电话征询意见。开始他一一拒绝,后来发现有的记者发来的书面提问,反映出一些人对束星北的误读,比如个性问题等等,就觉得有责任再说一说,他

才接受采访。海军始料不及的是，为了还原一个真实的束星北，他在书中不隐讳束星北性格中的弱点，不回避他的"阴暗面"，可在知识界，有人却将束星北的悲剧归咎于他不谙世情的个性，或把书中披露的反映束星北性格缺陷的事件单独拿来说事，将结论引向另一端，以此来消解束星北的本质意义和人文价值。对此，海军非常遗憾。他说："因篇幅所限和其他原因，有很多史料没能在书中引用。可从全书来看，已足可显明束星北是一个怎样的人。我是在写历史，不是写名人的逸闻秘事。没想到束先生在九泉之下，还在品尝着他个性的果子。束星北是一座站立着的山，横在一个时代面前，丈量着新的时代的理性、胸襟和认识真理接受真理的高度。"

海军是一个不争不辩不张扬的人，他性格腼腆，拙于言辞，尤其怯于在公开场合说话。前不久，青岛作家协会召开《束星北档案》的研讨会，要海军在会上发言。头一天晚上，海军来电话说：我怕我紧张得说不出话来，我写个发言稿照着念吧？其实，参加会的只有二十几个人，而且他都熟识。可是，该他发言的时候，他果然掏出稿子照本宣科完事，且声音微弱，距离稍远者即难以听清。会后的宴席上，他坐到一个不起眼的位置上，一言不发，只是微笑着听别人高谈阔论。他多次说过，每逢在人多的酒桌上，他就不知道该说什么，他只想赶快回家。然而，听他说他采访的一些经历，我觉得在那种场合，他肯定是变成了另外一个人。他决不凭着道听途说来确认材料。他一定要见到当事人，听他亲自叙述。他会一趟又一趟到被采访对象的家里去。他遇到过无数次的怀疑、冷淡和拒绝，他从不气馁。逢年过节，他就会买上礼品去探望，或者帮助他们做一些事情，最终感动了他们，有不少被采访者成了他常来常往的朋友。他曾向我介绍一个采访的"秘诀""如果他们能留我在他们家吃饭，这就算采访成功在望了。我就赶快出去买一大堆吃的，边吃边聊，他会毫不保留地把情况告诉我"海军说了许多采访的故事，那真可以写成一本报告之外的报告。的确，海军在采访中的那种坚韧、求实、深入细致,对历史资料的博采精取,很难有人做得到。

我突然觉得,海军是个谜。他的个性,他的心灵,他的价值观念,他的行事为人的方式,放在这个时代里实在是难以解释。他淡泊名利,听别人说他写得好,他会局促不安;他温文尔雅,从不和人争执,却又有胆有识,内心充满了非凡的勇气;他与世无争外表文弱,却有一颗激愤、冷峻、不安分的心。我问他,你的性格是不是一直这样,他说不是。他说他记得他少年轻狂的样子。11岁时他打乒乓球的天赋被省队的教练看中,若不是"文革",他就被选到省乒乓球队去了。几十年来,他没有放弃乒乓球,他曾获得过全国新闻界乒乓球大赛的团体第四名,山东省新闻界乒乓球大赛的冠军。他说,当他苦闷时,或者写不下去了,就去打乒乓球。我没有见到跳跃在乒乓球台旁的海军,有人说,他的动作像舞蹈一样优美;我想,他一定也是一个球风凌厉的冷面杀手。15岁时,海军实现了到新疆当汽车兵的愿望。其时他正在中学读初二,当听到已被批准到新疆入伍,他兴奋地跳到了桌子上。在进疆的闷罐车上,大家都把他当做随军的家属。那时他懵懂无知,尽情享受开着卡车飞驰在辽阔大地上的快乐。据他说他那时的文字水平写家信就只能写两行字。后来回想起来,究竟是从什么时候开始对文字或者说对文学产生了兴趣? 也许是在部队里,有几个"老三届"的战友,在背古诗时候,在谈论文学的时候,让他心生羡慕,于是开始读书。《落角》《多雪的冬天》《你到底要什么》开启了他文学的心灵。但这样说似乎有些勉强,因为我们依然找不到那种合乎逻辑的转变。热情奔放是在什么时候开始发生变化的,是什么造成了他如今的沉静、内敛与寡合,所蕴藏的又是这样充盈这样丰厚。

也许可以追溯到他复员后在物资局的一座五金电器仓库当保管员的时候,他读了大量的书籍,求知的欲望逐渐形成。上世纪80年代初,到曲阜师范学院进修两年,在山东大学进修一年;后来调到文化局工作,为了编写《阻峄山阻击战》,他采访过叶飞、许世友。难道这些就是

他早年的沉淀？对此，海军也说不清楚。

当年按照他父亲的地位，若想当官，他可以平步青云；若想经商，他可以财路亨通。可他偏偏选择了这样一条无人问津的泥泞小路，在这条小路上他已走了十几年。他还要继续走下去。

现在，海军已将时间和精力转到另一部作品上了。他再一次潜入黑暗无声的海底，去打捞另一艘沉船。他所要写的是一位同样被埋没已久命运多舛的国学大师。海军对他的接触要早于束星北，同样是魂牵梦萦十几年。这是又一座高山。在阁楼上，他面对的是另外一堆落满了时间尘土的资料，只是这一次，他的"抢救"工程，他的采访，他的书写，将会更加艰难。这是一次新的挑战。

海军说，这是命运，不能抗拒。

《江南》2006年第1期

背离喧嚣的大海

——致海军

　　我们所同在的这座城市,无疑是与海相存相共的。这已经成为一种意念,一种方式,并且化作一种气息,飘散在城市的上空。那些面向海的房屋,那些指向海的街道,无不表明了这个城市的沉湎。

　　其实,关于海,人们所知道所亲近的极为有限。潮汐,波涛,雾,一望无际的蓝色或灰色,以及某些可以捕捞到的海洋生物,大概就是所知的全部了。作为大自然最浩瀚的一部分,海的本质性秘密也许只属于万物的起始和结局。那应该在海的深处,在无人能够抵达的黑暗水域里,在海的沉默之中。

　　有谁去探求海的沉默呢?人们似乎更喜欢追逐大海的喧哗。殊不知,海的喧哗与沉默其特质是等同的。可很少有人能够真正领略大自然生命的律动, 众生的狂热追逐最终得到的只不过是扬波尘世的喧嚣。今天,我们举目所见,倾耳所听,我们全部感官沉没其中的是另外一个大海。在那里好像也有着同海一样美丽的风景,诱惑着每一个过客。只是已经没有堤坝为我们防护。即使有防护,也正在被陆续拆毁。风暴潮的季节来临了:海水已经涌上了岸,漫过街道,漫进了我们的日子。肆无忌惮的海水淹没办公室,淹没会议室,淹没法庭,淹没教室,淹没运动场,连我们的家也被淹了。客厅、卧室、厨房——书房更是不堪一击,海水在窄小的书桌上恣意流淌。波涛声四处轰响,还伴

随着浪花飞溅过后肮脏的泡沫。无休无止的喧嚣充斥了我们生活中的每一个空间。

面对这一切,你说:真是迅猛啊。顷刻之间,全军覆没。说这句话的时候,你就笑了。你笑的时候,目光神色茫然无奈,似在寻索,却又空无所有。此刻,我们相互说的话,听起来就像是从孤岛上发出的声音。

在这样的日子里,背离喧嚣的大海,去野外,到山里去,让心灵去郊游,就成了我们的一种默契。我们惊奇地发现,离开嘈杂和纷纭不远,只要沿着城市的边缘拐出一小段路,就可以走进山里,走进没有被侵入的完全的自然,走进几千年甚至上万年来就一直如此静谧存在着的风景。这里的风和阳光与其他地方的风和阳光完全不同。它们仿佛就在这里诞生,为这里所独享。风,是沉静的风;阳光,是沉静的阳光。这样的风和这样的阳光,它的吹拂,它的照临,让山峰山谷花草树木都沐浴在沉静之中。

你第一次说起了多年来你一直在写的那本书。在说这个话题之前,你正独自沿着一条山间小路向前走,看样子,你要沿着小路一直走下去。两边的树越来越挤,草越来越深。走不多远,你拐进一蔟矮树丛,立即又退了回来。你失望地说:没有路了。

于是,我们登上了山冈。山冈之上的天空更辽阔,更明亮。时值初夏,满山的树木、草,它们的叶子,正在由青翠向苍绿过渡,满眼涌动的绿色呈现出极为奇妙的层次和变化。近处,远处的山冈斜坡上,摇曳多姿的绿色之中,褐色的山石之间,大片大片白色的芙蓉花在开放。

沉浸在这样的景色中,你说到了多年来让你魂牵梦萦你必须要写下来的人物和事情。平静的语气里蕴含着汹涌澎湃的激情。你不是在说那些你从未见过面的人和不曾经历过的事，你是在诉说你自己，诉说你安置生命的一个所在。你所要写的，多少年来所预备的，又是你为之困惑，为之痛苦的，是一个已经被毁弃被遗忘的所在。你一度中止了自己的行程，上千万的珍贵资料落满了灰尘，几十万字的初稿无心整理。在大海的喧嚣里，相比之下，对生命所在的追寻显得有多么微小！可是，当我在听你说的时候，我就清楚，这追寻早已进入到你的生命。即便它微小，微小如一粒芥菜种子，也终究会长成高耸的信念之树，遮护你的一生。因为这越过自身，胜出尘世纷扰的追寻，所指向的是那个超出我们所思所想的永恒。这永恒虽不能让我们眼见，却能借着这沉静的山谷，借着这开遍山谷的鲜花，借着一切自然之物，让我们知晓，叫我们无可推诿。对此，我们也许难以言明，但它却无时不在，无处不在。应该说，是这样的一个最终归宿不让你放弃。即使你一时中断不能写下去，你也要用述说来继续。而我也正是从你述说的话语中分享到了一种力量和安慰。

今天，在我说起那次郊游的时候，已经是冬天了，是又过了一个夏季的今天。你早已拿起笔，背对浮躁的种种时尚，重新进入了内心的写作。这是真正意义的写作，你笔下的历史之子，那些历史事件，多年来，不被人提起，被故意淡忘。就像沉船，在黑暗的海底，已经生锈剥蚀。现在，你独自一人潜入黑暗无声的水下深处打捞它们。这比在茫茫宇宙里去寻找失去轨道的恒星还要艰难。可这件事只有你能做，除了你，没有人能做好它。因为没有人像你付出过那么多，所得到所体验的又是这样充盈、这样丰厚。从某种意义上说，你又像是在履行一份你与历史签订的协议书。这样的文字，必定是用你生命之火，用你心灵之泉淬过的。我相信，这些沉甸甸的，闪烁着重金属光泽的文字一经出现，必将震落历史的尘埃。也许，这并不重要。重要的是，这样的写作所诞生的文本无疑将是与终极追寻共存共生的一个文本，这样的文本是我们在

大自然查验之下生存的一个依据。如果不是这样,我们就无法凭借着写作而活下去。即使活着,也只能说只是活着还没有死去。

在你写作的阁楼外面,海水依然在蔓延,在上涨,喧嚣之声依然不绝于耳;可是,我知道,你不会再去听这些嘈杂的声音了。海水永远不会侵入你的心灵你的家园。在你心里有着初夏季节的山谷,山谷中静谧的阳光,有阳光照耀下无人穿过的树林,还有树林里盛开的花朵和轻轻回旋的风。

《青岛日报》2002年4月23日

在莫斯科问路

　　问路,或给别人指路,几乎是每个人都经历过的。每一次这样做,都是自然发生,也不觉得什么,一转身,双方就相互忘掉了。也有这样的指路人:不但热情,且面带微笑,甚至还领着你拐过街角,再指点迷津。不知为什么,对这样指路的人,尽管只是一两分钟的接触,他的容貌仪态,竟会一直留在记忆里,几十年不忘,成为艰难人生中一个温馨的细节,甚至会扩大为对一段岁月的情感判断。当然,那是很久以前的事了。

　　不知从什么时候起,我不愿意张口问路了,每一次问路心中都会忐忑。走在陌生的街道上,站在迷茫的十字路口,我宁愿查地图,看车站牌,只要能辨清目的地的方向,我就埋着头走,即使多走了几条街,也不后悔没有问路。不得不问,我便去买一份报纸或者一根冰棍儿,然后再向从我这里赚取了利润的小贩问路,好像只有这样做才可以心安。我怎么会成了这个样子呢?

　　多年以前就知道,南方的某座大城市有人给你指路会向你要钱;北方的某座大城市有人会故意给你指错路。后来,走在这两座著名的城市里,这样的事我都遇到过。可我不认为,我问路的心理障碍是由此造成的。那应该是与问路无关的一些经历。近些年来在我的生活里,有一种东西在悄然滋长,天长日久,慢慢浸染,改变了我行事为人的思维方式。是啊,一个素不相识永不再逢的陌路人无偿地给你指明道路,你便是欠了他的。按照微观经济学的说法,那是有账可算的,根据成本和收

益,能够很具体地算出,由于他的帮助,你得到了多少。

前不久,我从俄罗斯旅行回来,看到媒体报道说,私人收取指路费已经不是稀奇的事了。最近,在北京西站,到一个标有"北京向导"的询问窗口问路,竟要根据指路的简繁程度,交费1~2元。在窗口处有 明码标价,还能开正式发票。据调查,此咨询收费系经政府批准。

我们的社会终于走到了这一天! 这是迟早要发生的事情。尽管大多数人表示强烈反对,可赞成者的理由响彻的却是我们这个时代最时尚最强势的声音。他们说:问路收费体现了当今社会发展的一个趋势,在具体的商业利益面前,必然要实现权、责、利的互相对应……

争辩从来都是没有任何结果的。恰巧,几天前我在莫斯科就曾经问过路,我就讲一讲那是一种什么情形吧。

那天下午,我们从特列恰科夫画廊出来,按计划要到普希金造型艺术馆去。心仍沉浸在俄罗斯绘画艺术所带来的迷乱之中。从俄国中世纪圣像画到十九世纪现实主义的经典绘画,不仅给你以视觉冲击力,还有站在伸手可触的原作面前那种不可置信的恍惚和流连。刚刚经历过这些的我站在车水马龙的街头,一时不知身在何处。

莫斯科的大街,飘荡着现代城市所具有的共同气息。年轻人、时装、匆忙的人流、各种牌子的汽车、商店橱窗……你就像置身于国内的某大城市一样。尤其是进了麦当劳,那和国内没有什么两样。明显不同的是,在这里,教堂随处可见,在街角、广场、陈旧的公寓楼旁,在你意想不到的地方…… 门开处,能看到低头祈祷的人们。是的,如果你多一点接触,就会感到有许多的差异,是细微的,也是巨大的。

在俄罗斯学习的儿子知道普希金造型艺术馆离这儿不远,却忘记了怎么走,就站在路边打车。在俄罗斯,允许私家车载客,价钱比出租车便宜,可以讨价还价,短途有时会相差几十卢布。儿子连拦了几辆车,不是嫌要价高,就是司机不知道地方。正在焦急时,一辆黑色轿车停了下来。司机是个20岁出头的小伙子,金黄色卷发,蓝眼睛,翘鼻子,尖下巴,衬衣外面罩一件浅黄色的坎肩,一幅俄罗斯"小哥"的样子。多年前阅读俄罗斯文学,想象中的阿廖沙就应该是这副模样。后来知道,他的名字叫萨沙。

儿子问他,知不知道普希金造型艺术馆在哪里,没想到萨沙出语惊人:我也不知道,但是请上来吧。对于车费,他也不还价。车一开出去,萨沙就开始了问路。先是开到一位已是满头白发的老人旁边,萨沙停下车,拿出一张地图,把身子侧向右车窗,这位穿戴整洁的老人,俯在车窗边,仔细地听了萨沙和我儿子所打听的地方,又看了萨沙手中的地图,歉意地笑着摇摇头说,不知道。

接着,萨沙又把车停在了一个身材苗条打扮时髦的女郎身旁,她步履匆匆,像是要急着去办什么事,但还是停了下来。听了萨沙的询问,她说了几句什么,直起身子,后退一步,随即从挎包里掏出手机打起来。儿子说她是在给别人打电话,问普希金造型艺术馆应该怎么走。我和妻子听后非常的意外:这样的指路,真是让人无法想象。我们猜她一定是在给她的男朋友或者是丈夫打电话。她是想让他即便不在现场,也能够帮助我们。她在打电话时,漂亮的脸上呈现着焦急的表情。打完电话,她遗憾地说:很抱歉,他也不知道。然后,急匆匆地走了。

问到的第三个人是一个50岁左右的中年男子,他说他知道这个地方。他在告诉我们他知道这个地方时,神情非常愉快。他从上衣口袋里摸出一副眼镜戴上,把头伸进车窗,先用笔在地图上标出了艺术馆所在的位置,又仔细地画出了路线。萨沙高兴地一踩油门,开得飞快,不一会儿就驶进一条幽静的街道。车停住了,应该是到了,却没有发现艺术馆。萨沙从车窗探出头问从对面过来的一位中年妇女。这妇女又高又胖,穿着普通,一副忧心忡忡的神情,看样子属于工薪阶层。听到萨沙的问话,她竟不假思索面无表情地摇摇头,径直走过去了。走在她后面的一位戴着眼镜气质文雅的老年妇女听到了,走向前来,笑着向街的对面一指。我们转过脸一看,都笑了:普希金造型艺术馆就掩映在高

大茂密的绿树之中。

　　或许是连续看博物馆看画廊产生了审美疲劳，或许是被艺术馆门前的树、阳光、鸽子和麻雀所吸引，也许是想静静地体味俄罗斯独有的意蕴，我和妻子没有进艺术馆，我们就坐在木头长椅上，用面包渣喂鸽子和麻雀。高大的白桦树筛落下莫斯科一年中最好的阳光，天空清澄、高远、碧蓝。不远处是莫斯科河，似能看到彼得大帝站在船头上的雄伟雕像。我们说起刚才给我们指路的这几个可爱的莫斯科人，即便这可爱只是表现在萍水相逢时，我们心里也充满了久违的感动。论起来，最让人感动的应该是那个穿着普通的中年妇女：她已经表示她不知道，她已经走过去了。可当她听到后面的人告诉我们艺术馆就在旁边时——我刚才没有说——她又返了回来，她透过车窗面对着我们，她难为情地笑着，用手指着艺术馆那边，嘴里不断快速重复着几个单词，不用儿子翻译，我们也懂得她说的是什么。

　　她是在想一件属于她自己内心的事。她显然知道艺术馆就在这里，可能她刚才是在想着什么，没有在意萨沙的询问。既然她走过去了，既然她听到有人告诉了我们，就完全没有必要再转回身来。然而，她竟然返了回来，她要亲自再告诉我们一遍，她恍然地不好意思地笑着，含着自嘲和歉意……

　　说到这儿，我突然觉得那些人那个地方都离我非常的遥远。

《青岛日报》2005年10月11日

一场形式张扬的毕业典礼

　　去年6月19日,在多伦多约克大学,我们参加的这一场毕业典礼,无疑是一场形式极其张扬的毕业典礼。然而,置身其中,近四个小时,平生第一次没有感到难耐的折磨和煎熬,自始至终享用到一种轻松和喜悦:形式原来也可以是丰盈的内容,如此生动如此温馨,让人流连忘返。至今回忆起来,依然在惆怅中充满了怀想。

　　约克大学举行毕业典礼的礼堂竟然是临时搭建的,是一个可容纳几千人的巨大白色帐篷,高大、宽敞、严实而漂亮,灯光、投影、音响等各式现代设备一应俱全。儿子说,租建这样的帐篷其实很贵,有人曾提出建造正式的礼堂来举行毕业典礼,因为几年租帐篷的钱就足够盖一所礼堂了。但校长和校董们依然决定每年在这块空地上扎帐篷,隆重而热烈地举办一年一度的毕业典礼,只用几天,完事后便拆掉。我想,这些精打细算的教育管理者们肯定是经过了缜密的研究。经济账是如何算的,不得而知,但有一点可以断定:几千人聚集在一起开会这样的事,在他们这里,恐怕只有毕业典礼了。

　　与其说这是一场毕业典礼,不如说是一场盛大浪漫充满了程式化的古典戏剧。所不同的是到场的几千名观众,也同时扮演着重要角色。他们由一个个家庭组成,来自不同国家,有各种的肤色;除了父母,还有兄弟姐妹。他们穿着庄重,手捧鲜花,神情兴奋。其中一定也有人和我们一样,跨越国界,不远万里,特意为参加亲人的毕业典礼而来的吧。橘红色温暖的灯光照耀着舞台,照耀着悬挂在台幕中央约克大学的校

徽；一支小乐队在演奏着悠扬的提琴四重奏……热烈而优雅的气氛，让人们对即将来临的时刻充满了期待。

10点30分，毕业典礼开始了！所有人都站了起来，转过身，面向大门，翘望、挥手，寻找着自己的亲人。毕业生们身穿黑色学位袍，头戴黑色学位帽，手挽红色垂带，由两名身着黑红两色长袍的女士作引导，从正对着舞台的门口排队入场。他们像出征凯旋的勇士，脸上吹拂着得意的春风，在掌声、乐曲声和呼喊声中，在相机的闪光中，穿过会场中央，走向舞台。

一千多名毕业生坐满了阶梯式长条凳，校长、学位委员、院系主任和教师代表入场了！他们仿佛是从遥远的中世纪缓步走来，两名穿着古典花格裙子的苏格兰风笛手吹奏着欢快明亮的乐曲，一位身披红色长袍的年轻人跟随其后，手执银色权杖。二十多名学校领导人和老师身穿颜色款式各不相同的长袍，有的是红袍镶黑饰边，有的是黑袍印着红竖杠，还有的是蓝色或紫色长袍，领子袖子却是红的。不同袍子的不同颜色大概是表示不同的身份吧。看样子有七十多岁的老校长，身材高大，身披镶着黄色宽饰边的黑色长袍，头戴黑帽，端坐于台子中央唯一的一张长靠背椅上，俨然是一位至高无上的教皇，既威严又慈祥。

这些据说源自几百年前传教士的穿戴，让人顿感一种庄严，一种敬慕。教育最初所蕴含的古老意义在服饰的夸张渲染中表露无遗。德高望重的长者和智者身披色彩斑斓的长袍，衬托在他们背后的是占据了大半个舞台空间的一大片黑色学位袍和掩映其中的一张张青春洋溢的脸。施教者和受教者在不同的服装色彩中相映生辉。人们的目光被这色彩各异的服饰所吸引，会场的情绪被服饰的绚丽多姿所点燃。庄重华贵的服饰成为一种象征，宗教般的虔诚和纯正被注入教育的核心：崇高、神圣、无比荣光。

令人不解的是他们唱国歌却很随意，上来六个身穿黑色长袍的男女青年,随便一站,也不成排列,各自面向不同方向,手持麦克,没有伴奏,张嘴就唱。他们完全是用流行歌曲的唱法和姿态来唱加拿大的国歌:《啊,加拿大》。他们唱得无拘无束,自由自在。一曲唱罢,全场热烈鼓掌,欢呼尖叫,像在偶像歌星的演唱会上一样。

　　接下来是领导和老师们轮流讲话和演讲,我自然听不懂。但有一个人的发言我是听懂了——不,应该说我是看懂了。这就是站在讲台旁边那个身穿灰色西服为讲话人作手语翻译的中年人。尽管对手语并不陌生,这样的翻译者却是第一次看到。一般手语者的脸上总是凝滞着沉静或微笑,你看不出她的"叙说"起伏着怎样的感情。而这个中年人不同,他仿佛不是在把发言者的话语翻译成手语,而是在诉说着自己内心真诚的感情。他人的演说顷刻之间便化作自己的激情,这激情不仅挥洒在他上下翻飞富有节奏的手势上,还表露在他的脸上。看,他脸上的表情,它将令我终生难忘!嘴唇随着手的挥舞无声的开合,各种表情在脸上交替呈现,让你不得不相信,这就是讲话人所要表达的感情。他时而严肃,时而轻松;有一点儿忧郁,又有一点儿幽默;一会儿做思考状,一会儿又充满了期望……他把不能发出声音的话语内涵尽显脸上。他充分地调动起五官来配合他的手势,还有那每一个眼神的闪烁,每一块面部肌肉的颤动。即使这样,他仍觉手不达意,情不达意,脸上常常表现出一种焦灼。好像不是他在把别人的话翻译成无声的手语,而是这些演讲者在替他发出声音,他嫌他们说得不够准确,不得不再用手势加以说明。我听不懂那些讲话的人说的话,可我听懂了他所要"说"的。他比那些讲话的人"说"得更投入,更富有激情。有时,当别人讲完了,他还沉浸在激扬的"演说"之中,他为声音突然停止而诧异,他转过脸,似乎不解地看着那离开讲台的人,好像在说:我还没有"说"完,你怎么就不讲下去了? 然后他会立正站好,双手交握于身前,神色平静而谦恭,等候着下一个演讲者。我一直在注视着这位独特的手语翻译者,心中涌出许多的感受,至今也无法清楚地说出。

讲话和表彰仪式结束之后，领导和老师们站起来，一齐转过身，面对着学生。老校长大声宣布：同学们，你们已经合格毕业了，你们完全有能力走向社会！我向你们表示祝贺！毕业生们一片欢呼，一齐起立，将搭在手臂上的垂巾抖开，把红色（约克大学的标志颜色）的一面朝上，从头套进去，披挂在胸前和后背。霎时，一片片鲜艳的红色跃动在肃穆的黑色之上，如火焰，如霞光，照亮了会场。人们活跃起来，对毕业生的祝贺仪式开始了！

这是毕业典礼中最后的也是时间最长表面看起来最没有内容的一项仪式：一千多名毕业生，按照座次，一行行走下座位；几个人一组，排着队走到前台，先将手中写有自己名字的纸条交给一位女老师，这位女老师再把纸条递给站在讲台后面的男老师，等名字被念出后，这位毕业生才能走过去与坐在靠背椅上的老校长握手，与并排站在一侧的五位领导一一握手，最后一位老师把一枚小小的纪念章放在他的手心里，然后，再回到座位上去。

在长达两个多小时的时间里，以上这个场面一直在不断重复着。这是我见过的最典型的"走过场"，最漫长的场景重复，最纯粹的形式主义。然而，在这里，本应是冗长单调乏味的场景，却成了这场毕业典礼的高潮，所有的人都沉醉在巨大的快乐之中，好像这正是人们期待已久的。几乎每念到一个名字，会场上都会响起这个毕业生亲友团成员的欢呼声尖叫声，甚至口哨声。最有意思的是那位念名字的老师，他不是在念，他是在朗读。他用浑厚的声音兴味盎然地朗读着每一个毕业生的名字，他能把亚洲人欧洲人非洲人北美人的人名读得抑扬顿挫，如同朗诵优美的诗句。更令人感慨的是那几位与毕业生握手的领导和老师：除了老校长，他们都在那里站着，大都是五、六十岁的年龄了，他们自始至终侧身站着，迎着走来的学生，微笑着和每一个毕业生握手，对他们说着祝福的话。上千次的握手，上千次的微笑，上千次重复着祝福的话语。然而，在他们脸上，我看不到一丝敷衍和厌倦；他们的笑容里充满了真诚和热情，没有一点儿勉强和伪饰。

　　每一个毕业生都是那样的兴奋，情不自禁的幸福感流溢在脸上。有的听到老师念自己的名字，竟激动得忘记去和坐在那儿一直慈祥微笑着的老校长握手，发觉之后，又慌忙折回身，跑到老校长面前，俯身与他握手，侧耳听他祝福的话。全场响起一片笑声。是的，对校长和老师们来说，一场毕业典礼一千多名毕业生，有一千多次握手，如果是校级领导，会连着参加几场毕业典礼，要握几千次手！可是对每一个毕业生来说，在他的一生中，这样的握手，这样的祝福，却仅有一次。教育者们无疑清楚这一点，他们不辞辛劳，着意用如此张扬的形式来举行毕业典礼，鲜明地表达出对教育至高无上的尊重，对每一个学生个体自由生命的尊重。它让这些来自不同国家却一样是单纯可爱充满朝气的孩子，在离开学校的最后时刻，仍然体验到这无比珍贵的教育理念，带着自尊和自信出发，走向广袤的社会，走向艰难人生。

　　这些年来，我们一直想知道，儿子在这里是如何受教育的，他究竟处于一种怎样的学习环境和氛围，他的内心品质究竟得到了哪些塑造。此刻我想，我们不需要再去了解了。

　　苏格兰风笛声又一次响起，毕业典礼结束了。先是老师，后是毕业生，排队退场。一切从容不迫，秩序井然，保持着庄重和典雅。家人们纷纷走出帐篷，去迎接自己的毕业生，献花、拥抱、祝贺、拍照……一切依然持续在热烈的情绪之中。

　　整个毕业典礼进行了四个小时。

《青岛日报》2009年5月4日

诗 人

A

临街的窗户　打开
街上的行人　络绎不绝。渐渐地
他们似乎是被均匀地撒播微尘的天幕　或
我——抑郁的情调染灰。
建章的诗:《星期五,静室里一面呼啸的镜子》

从中山路的新华书店里出来,就看到过街天桥的铁栅栏下的石阶上,坐着一个穿蓝色制服的青年人。在他的面前摆着几本书。我本想顺便一看,却因那书名而感到了意外。有四本书,《法国现代主义诗选》《法国现代文学史》《史蒂文斯诗选》,这三本书放在后面一排,前面放着的一本是《第三代诗人诗选》。

是你自己的书吗?

是的。他仰起脸,眯缝起眼睛,有些难为情地笑了。

怎么,看完了,没有用了,要卖掉了? 我的语气里明显地含有一种嘲讽和调侃。

他看着我,嗫嚅着:生活困难。

他坦率而忧伤的回答令我的心忽然一沉。我蹲了下来:怎么啦?

母亲有病。

120

你没有工作吗?

在纺织机械厂干了五年,后来有病,被除名了。

没有再干点别的?

我卖过水果,赔了;卖过青菜,也赔了。我不会看秤。我什么都不会做。

他的头发很短,面色黑黄;矮个,二十七八岁的样子,过了时的学生服,紧紧地箍在身上,扣着风纪扣,带条纹的黑裤子,脚上是一双久已不见的中国人民解放军六、七十年代穿的黄胶鞋。

我盯着他放在旁边的黄书包问:还有书吗?

他一笑说:这是饭盒,但却又从里面掏出一本书:这本书我还要留着看。这是一本《德国诗选》。

你爱好诗?

他点了点头。

写诗?

他又点了点头。

发表过么?

在《黄河诗报》上。

你叫什么名字?

他说了一个毫无特色的名字,我随即就把这名字忘掉了。

他又说前几天广西一个什么杂志来信要把他的诗选在一个集子里,但是要赞助费。

我问:你弟兄几个?

两个。还有两个姐姐。他们都结婚出去了,只有母亲和我在一起。

你父亲呢?

去世了。

母亲有什么病?

他没有说，只是说母亲没有工作，药费不能报销。

还写诗吗？

写，向外投，但不刊登。我的诗太不合时宜了。

你卖了几天书了？

卖了三天了。一共卖掉三本。一本是昆德拉的《生命不能承受之轻》，一本是陈敬容翻译的《里尔克诗选》，一本是《朦胧诗选》。

他如数家珍痛惜地说着这些作家和作品。他说他家里有两千多本书，都是他父亲活着的时候他还在工作的时候买下的。他说他想把这些书陆续卖掉。

那你舍得卖这些书吗？

很痛苦。为了解决生活的困难。不然，你说，怎么办呢？

我拿起《第三代诗人诗选》，定价五元五角。我说，这本书我买了。我给他书钱，又把书还给他：这本书我送给你。不要卖掉，留着看。

他惶惑地站起来，不知所措。他眯缝起眼睛，呈现出一种无奈而又痛苦的面容：我们萍水相逢。我怎么能要你的钱呢？——你在书上签个名吧。

我笑了：这怎么还能签名？

这本书是不是有你的作品？

我不写诗。

那我送你一本诗集，里面收了我的一首诗。

我说不用啦。

这时，过来一个像是大学生的青年，拿起那本《法国现代诗选》看。我问：你爱好诗歌吗？他羞涩地点了点头。我说，如果你爱诗歌，就买下这本书，不要讲价。他是一位诗人，因为要生存，在卖他心爱的藏书。写诗的人卖自己的书是很痛苦的。如果你爱好诗歌，一定有同情心，所以你不要讲价。买下他的书吧。

那青年买了那本书。

临别的时候,我说:不要再投稿了,也不要相信那些要赞助费的杂志;赶快找一个工作。

他不做声。我问他,你知道现在出诗集要自己拿钱吗?

他说:这不可能吧。

我向他告别。

B

绣花球也要经受这热风的考验
紫色的水晶多面体的花冠打开,却
不曾有香气飘过这热浪滚过的城市
(一场迅急的)阵雨过后,通向车站路上
布满大大小小的泥水洼,一位悲剧性诗人的
生活场景,也在其中隐隐地模糊地呈现
　——在那倒映着天空的闪亮的碎玻璃片中
建章的诗:《七月》

我又来到了过街天桥。

他坐在过街天桥的扶梯上,正在与一个肮脏的小乞丐愉快的交谈着什么。他背着那个黄书包,可没有把书摆出来。阳光很好,照着锈迹斑斑的铁栅栏,照着他黢黑而光滑的额头。认出我之后,他似乎有些激动不安。

我问:这些天书卖得怎么样?

不好卖。没有卖出几本。

你还写诗吗?

他说:不写了,一写起来就睡不着觉。一直到天亮,心里一直很紧

张,非常紧张。

他眯缝起眼睛,望着这条繁华的中山路。是周日的下午,人行道上人流如水,商店里人头攒动。

可是,不写,活着做什么呢? 我想写,我有许多想法,要写到诗里。尤其是到了深夜,很痛苦。可我喜欢深夜——他又自言自语地说。

突然,他开始背诵起诗来:

黑乌鸦飞翔,遮住了整个城市
我窗前的灯光 整夜地亮着
它似乎是我——转瞬即逝的
白昼——空洞的回声
和我阴郁的生活 促膝攀谈

我窗前的灯光 整夜的亮着
它的另一面——喧腾的闹市
怎样地袭击着我呀——
如今 也被这柔和的光栅隔开
——轻轻

背完后,我们沉默了一会儿。

这是你写的诗吗?

他点点头:我写诗经常一夜一夜地睡不着。

我突然想到了什么,问:你吃安眠药吗?

经常吃,有时吃了也不管用。深夜里,我时常能听到一种声音,很细微的声音,好像有人在呼唤我。可是,仔细听,又没有了。

我立即转移了话题:你都喜欢谁的诗?

我喜欢七月诗派。他的眼睛一刹那间亮了起来。我追求他们的风格……我坐火车到武汉去见过曾卓,我是特地去看他的。在这之前,我给他寄过诗请教他,他给我回过信。他鼓励我,还送给我一幅字:坐井观天,心怀大海。他是真正的诗人——还有里尔克,中国的还有北岛。可听说他到美国去了。

我问:你和本市的诗人有交往吗? 比如……我说出一个在全国都很有名气的本市诗人的名字。

他茫然,略带歉意地摇摇头:不知道,没读过他的诗。啊,有一个叫范华的青年画家在你们学校。你认识他吗? 可惜,他死了。他的遗作画展我去了三次。

他说的这位画家是我熟识的一位年轻教师。他的画风奇异,色彩的运用夸张、大胆,透露着一种摄人心魄的神秘气息。画家死于蹊跷的煤气中毒,其真实原因恐怕永远也无法知晓。当人们发现时,他已经死了48小时,他僵硬地跪在床前,伸着双手,像是要唤醒已经死去的睡在床上的妻子和女儿……

可惜他死了! 他的遗作画展我去看了三次,是抽象派的风格。他喃喃自语,神色黯淡:真正写诗的,自杀的自杀了,没自杀的,都出国了……

他有些伤心地翻弄着手中的一本《凡·高传》,这是他今天要卖的书。

我家还有凡·高的画册。他说。

我问他的名字和住址。他告诉了我。这次我记住了,他叫建章。

C

年迈的母亲端坐于木制的圈椅内

镇定着我的情绪(她那安详的目光静静地注视着我,看上去似乎

125

很疲惫)

……

　　——我只要母亲的安详的静静的注视

　　这对我遭劫难的脆弱的生命至关重要

　　建章的诗:《星期五　静室里一面呼啸的镜子》

　　建章的母亲,白发苍苍,站在我的面前。一些往事,穿过久远的时间距离,一下子来到我的心里。不是这张苍老的脸,唤回了那些记忆,是凭借了这熟悉的街道,熟悉的大杂院,熟悉的老屋的门。这扇门竟然30年没有变样,真是令人难以置信。我已认出,站在我面前的这个老人,是我中学一位同学的母亲,也就是说,建章是我同学的弟弟。

　　上世纪六十年代,每次去学校开家长会,我和我的同学在前面走,他的母亲背着一个像小猫一样瘦弱的孩子在后面走,那孩子在不停地咳嗽。那个孩子就是建章了。

　　"您是来找建章的吧?你是来买书的?"老人指点着一扇糊满了报纸的小窗。我知道那窗的后面是一间只有四五个平方米的储藏室。那二千多册书大概就放在那里。

　　穿过当厨房用的狭窄的廊道,走进屋里,还是当年的摆设,两张床挤满了整个屋子。那个老式的半橱还在,红色的木漆几乎完全剥落。恍惚之间,我回到了我的中学时代……

　　"那些书是能吃还是能喝啊!他一会儿回来你劝劝他。他一宿一宿的不睡觉,看啊,写啊,头晕,头痛;发脾气,没有力气干活。我又没有劳保,他的哥哥姐姐都下了岗,连我都养不了,谁能养活他呀!我对他说:我要是死了,你怎么办?我说多了,他就冲我发火,摔东西,说我不懂,可——"

　　她突然停住了,是建章回来了。一看到是我,他显得很难为情,连声说:太挤了,麻烦你来,真不好意思。

我说,我来看看,不知能帮你做点什么。

他说:我写的诗还很不成熟,尤其是字句的锤炼,还差得很远,我还要继续努力。

我说:我主要是想能不能在生活方面为你做点事。

他说:我觉得我的生命不会很长了,我要抓紧时间写。我感到压力很大。我有许多想法,放在心里,不写出来不行,太痛苦了。

我说:你应该经常去爬爬山,到海边走走,。

他摇摇头:没有气力,除了卖书,哪里也不愿去。走在街上,感到很乱,压力很大。只想待在家里,在家里最好。

我说:你和老母亲相依为命。她最疼爱你,可你快三十岁了,仍然要老人照顾你。你暂时不要写诗了,锻炼好身体,找一个力所能及的工作。先谋生,再写诗。

我想与他讨论文学与生活的关系问题,但这不是所谓生活是文学创作的源泉之类的问题,而是一个人首先需要生存的问题。

然而,建章沉默了。

他的母亲哭了,眼泪还在脸上流淌的时候她又笑了。送我出门,她紧紧抓住我的手:他听你的,他听你的,你以后一定要常来啊,来劝导劝导他。

老人肯定认不出我是她另外一个儿子的同学。30年以前,就是建章刚刚来到这个世界的时候,他的哥哥每天早晨叫着我去上学。最深的记忆是那些冬日曙色微露的黎明,他敲开我家的门,穿着肥大的棉袄,袖着手无声地站在我的旁边,看着我在昏黄的灯光下,吃完一大盘地瓜干,然后一起在寒冷的薄明里走半个小时去上学。我们在这不算短的路程中都不停地谈些什么呢? 我已经记不清了,但那肯定只能是一些关于未来,关于理想,关于获得新知识的充满了热情与欢欣的话语。我们谁也想不到所谓的未来,就是30年后今天的这个样子。

世界的每一天,都是一些人曾经向往的未来。

D

啊,风暴啊,你残忍地洗劫着我的青春

像洗着一块破碎的白布

让爱情离散,信仰痛苦,欢乐一无所有

……

——我默默走向北方的莽原

一任迷惘的阳光漂白我的额头

建章的诗:《祭》

我与在文学杂志谋生的朋友联系,说有一位痴情于诗的青年,有才华,心灵和日子都很苦。能不能同他谈谈,若能发表他的诗,会是他生命中最大的安慰。他笑着说,这样的诗人全市有好几打,可读诗的人一个也没有了。我还同一些经商的朋友联系,看能否给建章找一个适合他干——诸如抄写收发之类的工作。他们就问:他会英语和电脑吗?

过了很长时间,在一个冬日的晚上,建章照着我留给他的地址找到我家。他掏出一叠纸,说:这是我刚刚打出来的,还是很浅薄的。

我翻了翻,11首诗打印在十页纸上。

我问:这一共花了多少钱?

他说:电脑打的,一共60元。

我说:抄写就行了,为什么要浪费这么多钱。

他说:这样整齐清楚,编辑看着舒服。我再卖几本书就是了。

我不再说什么。这11首诗至今躺在我写字台的抽屉里,已经八年多了。你在这篇文字里看到的诗句就引自这些诗篇。

我曾带着一种负疚的心情,给他家送过食品和营养品。当时,建章不在,他母亲很高兴地收下了。第二天晚上,建章又送了回来。他站在门口,眯缝着眼睛,一副痛苦无奈的样子……

他曾对我说:我的生活粗茶淡饭就很好,不需要帮助我,我只想出一本诗集。

今年春节,多年未相见的中学同学突然怀起旧来,联系了十几个在一家酒店里聚会。我见到了建章的哥哥。我们相互打量了半天,才说出了对方的名字。然后,互相捶打着,大笑着,回忆起当年的时光。席间,我问他,记得你有个弟弟,现在怎样?他说,他和母亲住在一起。最近把房子租给人家开了美容店。他们就在后面那间储藏室里住。我说,听说你弟弟会写诗?他惊愕地瞪起眼睛,问:你听谁说的?这时,一位当总经理的同学满脸豪情提议大家为美好的未来干杯。我就没有再说下去,连忙端起了酒杯。

我感到一丝欣慰:建章和他的母亲毕竟有了较稳定的经济收入。但我想象不出,在那间放着两千本书的小储藏室里,母亲怎样度过每一个需要数算柴米油盐的日子,建章怎样度过每一个失眠的夜晚。也许,那些书早已被他坐在新华书店门前卖掉了。

他的诗还留在我这儿。我也是一个不读诗的人,但有时在万籁俱寂的夜晚,我会读建章的诗:

你知道,七月遁身于一场大雾般幕后暗处
主题还不曾明确,题材还不曾确定
至于细节——在我所接触的普通的物件之上
我的耳郭所能划定的与植物,小动物,昆虫,翼翅类,以及人的耳郭所能界定的心灵,平行、相交的一小块心理区域
在我的目力所能触及的与无线电波、雷达扫描仪的波纹相交相切的有限生存空间(尽管它是那样地近乎悲哀地狭小)

它们散发着柔和神秘的光泽,散发着
高处精神花园的奇妙芳香。犹如
滚动着露水的草叶向轻风微微吐送心中珍藏的话语。

　建章的诗:《七月》

《北京文学》2004年第2期

另一种饥饿

饥饿，不是饿。饥饿，那种感觉，是在日积月累中形成的。不是一顿饭没有吃，不是连着两顿饭没有吃，也不是一整天没有吃。是一天三顿饭，顿顿都吃，可是每顿饭都吃不饱。上顿饭没吃饱欠一些，这顿饭没吃饱又欠一些，下顿饭欠的就将是更多的一些。日复一日，年复一年，这种不断欠缺所造成的饿最终就积淀为饥饿，从胃里分泌出来，转移到心中。饿的感觉在吃一顿饱饭之后就会消失，饥饿的感觉在一个人的心里却要存留一生。

四十年前，在我十到十三岁的时候，饥荒来了。先是饿，后来就是饥饿。我已经记不清了，是从哪一天哪一顿吃不饱开始欠着的，在我的记忆里，那时人们好像总是在做饭，总是在吃饭；也总是在想在说有关吃饭的事。两顿饭的间隔时间似乎非常近，仿佛上顿饭刚刚吃完，就开始做下一顿饭。

其实，那不应该称为是饭，只是一些可以咽进肚子里的东西。槐树叶子早已成了难以吃到的美味。从春天到夏天到秋天，整个这座北方城市，对那些槐树来说都是冬天，它们的枝丫在一年当中全是光秃秃的，没有一片叶子。我们不上课了，老师领着全年级的同学排着整齐的队伍到郊区找可以吃的东西，走了整整一天，没有挖到一根蚂蚱菜，没有见到一棵长叶子的槐树。我们捋了一些形似槐树叶的树叶，回家以后又倒掉了。母亲说，这种树叶俗称"马尿臊"，有毒。

所有能够吃的东西都是从母亲那儿来的。不论当时，还是现在，我

都以为，母亲那时在有关吃的事情上是非常神奇难以想象的。她四处去搜罗吃的。只要没有毒，能够咽下去，她就能精心制作成饭食。茅草根、地瓜蔓、海麦子、酒糟……有的我至今也不知道叫什么。母亲还把花生壳放到锅里烘干，磨成细面，蒸成窝头。最难以忘掉的是冬天的夜晚，母亲把一小捏大米擀成细面，撒在一大锅黑色的干地瓜叶子上煮。那种特殊的美味，让我们弟兄几个怎么吃也吃不够……

好了，我不想再说下去了。当时的情景，许多人应该记得更详细。可这么多年来，没见有谁去多说它。也许，忘却，会让人们更好地生活下去。那就忘却好了。对我来说，终生不会忘记的是，饥饿让我懂得了母亲的真正意义。在一个孩子的心里，母亲与吃饭是等同的。有了母亲，我们在这个世界上就不会被饿死。

如今，吃不饱饭的日子毕竟离我们远去了。在街上，你已看不到因饥饿而乞讨的人。多年以前的乞丐，恓惶地站在住家户的门口，伸出手或者碗，只要一块玉米饼子或者一碗白开水，然后，边吃边走开。在饭店里，他们到每一张桌子上去搜寻，喝掉盘子里剩下的菜汤。今天的乞丐只要钱，有的给钱给的少了，他还会恼怒你伤了他的自尊。乞丐，已经成为这个社会的一种职业。饭店里每年倒掉的剩菜，据说，若以整个国家来统计，要有数亿人民币之巨。竟然富足到了这样的地步！这种情景是我们当初描绘美好未来的时候，无论如何也想象不出的。更令人想不到的是，在这种情景的不远处，我们仍会听到饥饿的声音。

是的，这声音就在离我们不远的地方。在这里，我要说的是大学里那些贫困的学生，他们所发出的那种饥饿的声音与以前饥饿的声音有所不同。它或者是被从贫穷的山村带来的，或许它本来就滞留在这城市的边缘，只是它已不再属于公众的声音。在日新月异的城市里，在充满了文明气息的校园里，它被现代生活的奢华所淹没。它孤独、羞愧而又敏感，它甚至难以忍受你目光里的一丝怜悯。正因为这样，它的声音比任何时候都微弱,同时又比任何时候都尖利。我们应该关注的不仅仅是这些贫困生的生活景况,更重要的是他们的生命状态。这些贫困的当代大学生不是最饿的人,但他们是最饥饿的人。又有谁知道,饥饿是在什么时候又是在什么地方进入了他们的心?

有一天,一个学生来到我家,他是来找他的老师寻求帮助的。他只说了一句话,就不再说下去。他说:老师,我没有饭吃了。

当听到这句话的时候,我的感情突然停滞了。我的全部生活,我的全部思维,在匆忙的人生路途中突然停了下来。我生命中通向未来的所有通道在这一时刻里被封闭了。我必须转过身,面对这句濒临绝望的话。是的,这样的话,我无法再绕过去。要知道,这句话是在我饥饿的感觉已经成为久远的记忆时听到的, 是在我刚刚吃完了一场丰盛的酒宴归来时听到的。今天,这个城市如此华丽繁富,如同一座无与伦比的高级酒店, 我竟然听到了本该在四十年前那些饥饿的日子里听到的话。

我没有饭吃了! 对这个大学三年级的贫困学生来说,这句话不是一句脱口而出的话。这是经过日积月累形成的一句话。一次又一次从病弱的母亲手里接过四处筹借来的学费,一次又一次去争取一份课间打扫教学楼厕所的工作;在衣着缤纷的同学中间,他甚至没有一件换洗的衣服;在有着几十种炒菜的食堂里, 他只能悄悄地买一份咸菜……物质生活在每一个方面都欠了他许多。当财富被夸耀成社会时尚而遮蔽了贫穷时,这种日复一日的欠缺最终就成为一些话语进入他的心灵。我不知道,这些话语会怎样灼伤他的心灵,又如何支撑他的心灵引导他的心灵。"我没有饭吃了"这句话无疑将打印在他的生命册上,永远也不会消失。这句话他不会轻易对人说。对他的同学,自尊和所能预想到的结果都不会让他去说;对他的母亲,他已经不能再说。他从这个城市的东端走到西端,独自走这么远的路,来找他的老师。

也许,我可以把他的饥饿与我曾经遭受的饥饿相比,然后说,"没

有饭吃了"这句话是不可置信的。在我们这个时代里，他有着可以免除饥饿的其他生活选择。可是，我不想这样说，我也不能这样说。因为正是这个时代，让他选择了这种他和他的父母都以为是最好的道路。他们本应清楚，为了追求人人都向往的未来，他现在必须忍饥挨饿，承受一切。

我没有饭吃了！一个学生向着老师说出的这句话是一句非常真实的话。此刻，如果他得不到帮助，他今天晚上就没有饭票买饭吃。这的确是他真实的生活。甚至这只是他真实生活里许多次窘迫中的一次。但我要说的是，不论怎样，那许多次已经过去了，这一次也能够过得去。这样的日子最终会过去。可是，在他心里有一种感觉是不会过去的。那是另外一种真实，它深藏于这句话之中，它长久存在，一生也难以磨灭。它所表明的已不是饿，是饥饿，是在这个差异悬殊的世界里企图追求平等人生所产生的一种现代饥饿。这种饥饿比我四十年前所遭受的饥饿更深更巨大。

在今天，面对儿子的这种饥饿，作为母亲，已经无能为力。

《当代散文》2004年

等　待

等待是我们最后的力量。也是仅有的,唯一的,不可剥夺的……

肯定是姗姗来迟了。也许是遥遥无期,也许是永不再来。可是,也许就在下一刻,也许就在今天晚上,我们所等待的就会发生。

等待得久了,会产生某种惊恐。

近来,我常常在夜里悚然而醒,仔细察验我的灵魂,它太平静太超然太易于满足了。我的灵魂,你是否将那一切已经遗忘? 不,没有遗忘,不敢遗忘。一直在这里,隐藏在深处。只是在等待,等待不是遗忘。

原来是这样。

是的,等待需要忍耐。耐心的等待让我们进入历史,让我们进入时间。这不是通常所说我们生活其中的那个时间,这是另外的一种时间,这是等待所经历的时间。它完全不合乎我们的生活思维方式。对它,我们根本无法了解,无法把握;不能追问,不能思索。在这个时间里,我们什么都不能做,什么都做不成。我们只有等待,等待。在这里,灵魂与生命相疏离,感情与生活相疏离,犹如绝望的大鸟孤独地飞离森林上空。还有生离与死别,眼泪与悲伤,还有鲜血和爱。

有一天早晨,我惊恐地发现我的头发白了。等白了头! 是不是太久了? 不,亲爱的,不要这样焦躁。你应该知道,有多少古老的等待已全部

化成无言的石头;你也应该知道,曾经有这样的事:满头青丝于一夜之间变成苍苍白发。在过去,在现在,在中国,有的人就这样地经历过。那种情景,让人恐惧,让人震颤,让人无法言说。那种情景,让你感受我们上面所说的那另外一种时间,不仅仅无情,还十分残酷。它能把一生浓缩为一瞬,它也会把一瞬拖延成一生。你应该明白,你所等待的断不会在正常的时间里到来。你要学会恒久忍耐。头发白了,可它曾经黑过;容颜苍老,恰恰证明你青春的完整。你的头发早就应该白了,在那个夜晚就应该白了。而那些永远不会变白的黑发呢? 那些永远也不会衰老的脸呢? 你岂能说他们没有等待吗? 他们企图证明,至今却什么也没有证明。他们被时间冻结,又在等待时间来解冻。你听,这等待无时无刻不在哭泣:时间啊时间,你为什么离弃我?

在另外一种时间里,一切都在等待,在等待着一切。在这个世界上,只要你有忍耐,有信心,没有什么是等不到的。活着,让生命等待;死去,就让灵魂等待。日子将近,仍须等候;必然驾到,不再迟延。

想起了很久以前那些充满了等待的日子。那是些美好的等待,因为有美好的事物在等待着。可只是这样地说,这样地想,然后,就这样地等待。后来,这一切并没有发生。这一切已由未来的梦变成了过去的梦。我们等来的是一些别的什么,是始料不及的一些东西。我们一次一次地失望,又继续着一轮又一轮的等待。如今,只剩下那些等待的过程,保留在回忆里,带着一丝难以磨灭的美好痕迹。有些荒谬,有些辛酸,有些温馨。然而,毕竟等待过,用生命等待过,用青春等待过,用心等待过。尽管我们不知道,当我们等待时,我们已经处在另外一种时间里,那是不确定的,不可测的……它最终带我们进入了另外一个房间。

在结束了等待的同时开始了我们的另一种等待,同样是如此漫长。

等　待 ◎

不同的是,我们所等待的已不是我们所向往的。事情本身注定了,过程不再美好结局也不美好。但是,我们别无选择。这是我们最后一次等待。在某种意义上也可以说,这是我们很久以前那些等待的最后情结。

《青岛日报》2000年5月22日

与狼相遇

能够从外形区别狼狗和狼，是一件很难的事。我们之所以说那是一只狼，是依据动物园笼子上的那个标牌。我们站在关着狼的铁笼子的外面，看着它焦灼不安来回不停地走着，心中涌出来的是一片惬意：这狼是吃不到我们的。然后就离开了。实际上，我们就是这样来辨认它的：关在笼子里的这个动物，是一只狼。说实话，即使笼子里关着的是一条狗，你也会把它看成是一只狼。

我所具备的辨认狼的知识估计也和你差不多，同样是来源于一些"据说"：如在夜里，狼的眼睛发绿光，遇到狼你的毛发会竖起来等等。除此之外，对于狼，我们还能知道些什么呢？

正是基于这种认知，狼，离我的生活非常远。它一直疾走在缥缈的传说里，疾走在童年故事里。我从没有想到，有一天，它会走到我的面前。那是一个静谧的早晨，我透过我家的窗口看见了它。我想，我应该换一种谨慎的说法，说，在我的感觉里，那是一只狼。刚才我说过我辨认狼的知识十分有限。

最先感觉到狼的走近，是源于不久前的一则新闻。今年2月的一天，本市一份报纸说，据一所建在山脚下的学生公寓监控录像显示，当天凌晨5点，一只好像是"狼狗"的动物进入镜头。这只"狼狗"与野狼十分相似，经市动物园专家从录像上辨认，基本可以确定，这是一只狼。

报道说，从录像画面上看，这只狼身子一直弓着，背上的毛直竖，行走时蹑手蹑脚并有跳跃感，它先是动作敏捷地来到一个垃圾桶边，嗅了嗅后又走向了食堂,在院子里转了一圈后,离开公寓上山……报纸还刊登了一幅模糊不清的照片,照片上有一团黑影,勉强能辨认出那黑影长着四条腿。单看照片,谁也无法判断这是什么动物。可是,读完了那篇带有细节描绘的文字之后再来看这照片,没有谁会说那团黑影不是一只狼。

是的,那是一只狼。几天之后,我见到了它。

我的居所离发现了狼的学生公寓不远,房屋的后面是一座不高的山崖,因建住宅小区,山崖被劈得笔直陡峭。那天清晨,它就站在山崖顶的边沿! 它的身子高大细长,一动不动,注视着下面的楼房。开始,我把它当成一条狗,可我迅即想起了报纸的报道,它是不是那只狼? 它应该就是! 它沿着山崖的斜坡跑了下来! 它的步伐轻盈而富有弹性,一边跑,一边警觉地回头张望。我想看看它的尾巴是否比狗的尾巴粗硬,以便进一步作出确认。我失望了,它的尾巴竟然只有半截,难看地夹在后肢之间。它来到楼群间的空地上,在我的窗子下面停住了。我清楚地看到,它身上的毛坚挺地竖立着,毛色上部是黄灰色,下部是白色,它站在那里,弓着身子,用阴冷而狡黠的眼睛斜视着我,那眼神,那姿态,那不凡的气度,让我确信:与我咫尺相对的是一只狼。

可接下来发生的事情又让我迷惑难解了。一个西装革履的男子,急匆匆地走来,他未注意到这里站着的是一只狼。我紧张起来,我正不知道如何向他发出危险信号,狼已发现了他。可没想到的是,这只狼既没有从他后面扑上去,也没有惊恐地跑开。它的身子突然萎缩了,身上的毛倒伏下来;它小心翼翼地看了那男人一眼,把头垂下,开始在地上嗅来嗅去,它像是闻到了什么,迈着小碎步,跑到山崖下摆放的垃圾桶那里,它轻巧地跃上低矮的挡土石墙,站在垃圾桶口旁,用爪子在里面扒拉,继而又把头伸了进去……

这是狼吗? 狼哪里会是这个样子! 在此后的几天里,我的判断渐渐倾向于它是一条狗。我常看到它在这附近转悠,到垃圾桶里找吃的。它

什么都吃,有一次,它竟从桶里拖出一个蛋糕盒子,舔吃盒子里的蛋糕。有时,没有找到可吃的,它就去吃野猫的食物,那是住在楼里的"慈善人士"放在一个黑色钵子里的残汤剩饭。几只野猫会呜呜大叫,冲上前去,向它发起攻击。它立即就妥协了,眼睛紧盯着野猫,前腿伏地,后腿弓起身子,慢慢退到一边去。我隐约能听到它发出的吼叫声,那叫声,低沉、哀怨,像是在心底压抑了很久。

它对人一直是那种态度,不远不近,若即若离。小孩子扔给它吃的它就吃;吃完了掉头就走。人们也不在乎它,只当它是一条无家可归的野狗。可据我观察,当没有人的时候,它表现出的是另外一种样子,此时它没有一点儿野狗落魄的样子,也没有流浪生活所养成的无赖气。反而有那样一些时刻,在清晨,在黄昏,它两耳竖立,昂着头,孤独地站在一棵树下,或伫立在山崖顶荒草里,环视四周,久久不动;像是在沉思,又像在怀念。在冬日苍茫天空的衬托之下,那种隐忍,那种孤傲,透露出那来自原始荒野的生命信息,让我强烈感觉到,它应该是一只狼。

据居住在这里的老居民说,多年以前,这座山上经常有狼出没,近几年,随着城市扩大,大山已被楼房包围,到处是人声喧哗,野狼早就绝迹了。如果这是一只狼,那么,它从哪里来?它来做什么?它是回来寻找自己失去的家园吗?

有若干次,我站在窗子后面,看着这只晃来晃去浑浑噩噩的动物,在心里向它发问:在这些年里,你到哪里去了?你带着怎样的记忆而来?你都遭遇了些什么?是什么让你变成了今天这个样子?

也许,当初,你逃离山林,奔向原野,东奔西突,最终也找不到藏身的榛莽,你不得不走进安逸的城市,陷入那迷宫般错综复杂的街道,在五彩炫目的霓虹灯下,你边走边看,你看到的是一个繁华的世界。在酒气、废气和香脂气的交织弥漫中,你的鼻子失去了野性的嗅觉,既闻不出猎物的味道,也失去了对危险临近的敏感和警惕。日复一日,你放松了生来就紧绷着的神经,松弛了强劲而富有弹性的肌肉;年复一年,你学会了跑到垃圾箱里去与野狗争食,也满足于躺在大楼背面潮湿的角落里睡一个惬意的午觉,不论谁从身旁走过,你都懒得看他一眼。你同这个世界达成妥协,相互之间,不再敌视。你锐利的眼神已经委顿,黑暗中,看不到你那如绿火一般跃动着的目光;摄人的魂魄业已丧失,谁也不会因与你相遇而毛骨悚然,没有人认得出你曾经是一只狼。

野狼,你那特立独行狂放不羁的野性就是这样被剥蚀殆尽了吗?

终于有一天,我在想象中对它做出了最后的判断。那天晚上,我从外面归来,已是深夜时分,所有的灯光都已熄灭,所有的生物都在沉睡。只有风在楼与楼之间,在树与荒草之间回旋。我走上山坡,猛然看到在坡顶的山崖之下,在惨淡的月光里,有一个黑影直立着。我立刻认出,这就是它!它用后肢蹲坐着,立起身子,伸长脖子,张开又尖又阔的嘴向着阴云飞渡的夜空。我看到了它嘴里吐出的舌头和泛着白光的尖利牙齿,我还看到了它的眼睛发着绿光。与此同时,我听到了它向着苍穹发出凄厉、悠长、痛苦的哀嚎声。

这就是我与狼短暂相遇的真实记录。自那晚之后,它再也没有出现过。有时,在万籁无声的深夜,在我似睡非睡时,会隐隐听到它那孤寂而哀伤的号叫……

《青岛日报》2004年3月23日

一只愤世嫉俗的猫

我曾经先后养过两只猫,是在我上中学和其后的一段时间里。后来它们都死掉了。前一只的死,我没有见到。它在春天的晚上,听到异性充满了渴望与哀伤的呼唤,从后凉台爬上后院的楼梯平台,窜进大杂院的黑暗之中,直到天亮,才疲惫不堪地回来,吃完食,倒头就睡。有一天,它再也没有回来。它一定是死了,不死的话,它肯定是要回来的。这是一只很漂亮的猫,黄色,下巴和尾巴尖处各有一黑点。

另一只猫,是在我面前死去的。它脊背破了,暗红的血不断地渗出来,粘住一大片毛;它趴在凉台冰冷的地上,抽搐,呕吐,看样子是内脏被打伤了。它用生命最后的力量爬回来,是要在家里死去。在冬天早晨冷淡的阳光里,它无望地看着我,慢慢地闭上了眼睛。在这样的季节里,它跑出去不应该是去约会,它跑出去做了什么被人打成这个样子?我把它埋掉,心想,一辈子也不会养猫了。

猫再一次来到了我的生活里,是四十年之后了。这是游荡在我住所北面山崖下的几只野猫。严格地说,不能算是野猫。开始的那三只,来的时候大概只有两个月大,是它们的妈妈领它们来的。几天以后,猫妈妈不见了,只剩下了小猫。三只小猫形影不离,相依相伴,从不离开这个地方。

不久,又有五只小猫出现在山崖底下,它们的出生地就是山崖顶上那棵桃树下的一片茂密草丛。这样,最多的时候,就有八九只猫。我每天都喂它们，邻居也喂，剩菜剩饭，却都是美味。有吃住的地方，就是家的所在。这是不会错的。它们定居在自己的老家，不去流浪闯荡。白天，在山崖下的花木之中转悠；晚间，就在草丛里睡觉。它们食无忧，寝有所，皮毛柔滑，姿态悠闲，即便没有被调教，也自我修养成了家猫的举止神情，没有一点野性。偶尔会闯进一只野猫，可能不适应这里的和谐安定气氛，转一圈就走了。野猫的目光永远阴沉、警觉，心怀嫉恨；而这些小猫，目光温和，步态优雅，与家猫相比，除了缺少那种自信自重的气度外，好像也没有别的不同。直到有一天，一只家猫的到来，让我发现，它们和家猫应该有着很大的不同，是本质性的，人无法体察，而真正的家猫肯定能感觉得到。

这显然是一只被刚刚抛弃的家猫，是一只大猫，虎皮花，长相一般，颈项上系着一根五彩丝线。它一看见人来，就急忙靠上前去，蹲伏在人的脚下，期望得到抚摩。然而，它决不与那些小猫为伍。先前那两个家养的小猫被母亲抛弃之后与其他猫早已成为亲密的一家了，它们一见面很亲热，先用头相互顶，再用身子相互蹭，然后，嘴碰着嘴嗅一会儿，像是在用气息传递某种信号。

这只家猫丝毫没有与它们进行身份认同的意向，它总是离它们远远的，表现出一种天生的疏离。有时，小猫想跟它示好，用头来拱它，它身子向上一挺，猛地就是一爪子；我将盛满了食物的塑料盘放在石阶上，只有它自个时，它会埋头猛吃，一旦有小猫跑过来，它便龇牙咧嘴，怒吼着，用爪子连续拍打对方，吓得小猫不敢上前。对这种强势霸道行径，我常会喝它一声：上一边去！就这一声，再好的饭食，它也不吃了，气哼哼转过身，慢慢踱到不远的地方停下，满脸鄙夷地看着扑在盘子上的小猫；有时它会很快爬上山崖，头也不回，伏在野草里，很长时间不露面。如果先有小猫在那里吃食，哪怕只有一只，它也不过去；小猫吃完都离开了，它也决不去吃剩下的。这只曾经与人一起享受过生活的猫，好像在有意表明自己的高贵身份，对它来说，混迹于这些野猫中

间,大概是一种奇耻大辱吧。可它是怎样辨析出这些小猫是野猫的呢?我不得不给它分餐,拨出一些,让它独自享用。看来它很愿意这样,每次都在旁边等着。有一次,在它单独吃的时候,我故意轻蔑地哼了一声,看它会怎样。不料,它竟不吃嗟来之食,掉头就走,叫也不回来,闷声趴在那里,摆出一副给我吃就吃,不给我吃拉倒的样子。

它从不像那些野猫,一看到送食来,就兴奋地喵喵直叫,尾巴高高翘起,直奔放食的地方。它总是郁闷地蹲在一边,等着分给它吃。它吃得很少,应该是吃不饱;可它一直就那样,宁愿饿着,也不改变自己。它越来越瘦,眼神充满了哀怨;它离群索居,郁郁寡欢,终日摆出一副怨天尤人的样子。我称它是愤世嫉俗的猫。

相比之下,野猫反倒快乐无比。它们能吃,吃得很多,吃完就晒太阳;晒完太阳就嬉戏打闹。每当我出外或者回家,它们就跑过来,喵喵叫着要食,挡在我的脚前,拦着我;我站住,它们就给我作一种表演:躺在地上,肚皮朝天,前爪蜷缩在胸前,用温柔的目光直盯着我。这一无声的令人有点心酸的动作,让我不忍心不喂养它们。是献媚讨好?还是想得到抚摩?我猜不出猫的这一肢体动作究竟要表达什么。很明显,这不是训练的结果,也不是条件反射,应该是猫与生俱来的一种曲折表达感情意愿的方式,有人所不知的情感思维隐含其内。给我做这种表演的猫并不多,只有两只,也许像人一样,猫既有智商的高低,也有情商上的差异吧。

愤世嫉俗的猫从来不做这种表演。不但不做,还总是愤愤不平,朝着我哼哼的样子,好像它沦落到这步田地是由我造成的。它一定是把我当做人类的代表来对待了,认为我应该承担背叛它抛弃它的责任。

有一天,我发现愤世嫉俗的猫怀孕了!它的肚子一天天地大了起来,它行动迟缓,面目凶恶,脾气更坏;也许是对营养的需求,它不得不屈尊纡贵,跟在野猫的后面,在楼门口等食。它仍旧不和野猫一起吃,也不似它们那样飞跑到盛食物的塑料盘前，它依然慢吞吞地走过去，独享它自己的那一份。

愤世嫉俗的猫实在不能算是精明的猫。可在我看来，它胜过了那些住在这山崖下青草花丛旁赏给一口饭吃便乐而忘忧媚态百出的野猫。尽管同处一样的境遇，它也要高傲地把自己与野猫分别出来，它不忘记自己的身份，强烈地维护着自己的尊严，把它看得比物质生活还重要。那些貌似家猫的野猫究竟缺少一种什么元素，让愤世嫉俗的猫如此蔑视它们不愿视它们为同类呢？

愤世嫉俗的猫生了，一下子生了六只小猫！前一天深夜，它溜进了一楼的楼梯间，钻进一个塑料泡沫箱子里生下了它的孩子。第二天早晨，那只箱子被放在了山崖旁的一棵枣树下。我去看它，它搂着它的孩子们，警惕地盯着我。它几乎不离开箱子，出来吃一点食，就立即回到箱子里。第二天中午，发生了一件令人震惊的事。当时，我正下楼准备出去，只见愤世嫉俗的猫急匆匆地跑到楼门前等我开门，它的嘴里叼着一只猫崽！它吃力地咬着小猫的脖子，面孔显得紧张而凶狠；我心中惊慌，连忙打开门，它径直跑到一楼它曾经分娩的地方，把猫崽放在楼梯夹道的暗角处，在几个箱子旁转来转去，看样子是要进去。可是所有的箱子都已盖得严严的。猫崽瑟缩在水泥地上，像婴儿嘤嘤地叫着。母猫无奈地回到它身边，不断地舔它，向我悲鸣着。这究竟发生了什么？是它的孩子快要死了吗？我去看树下的箱子，其他五只小猫安然地偎依在一起。过后我才知道，它是在搬家，这是猫的天性：母猫在哺育期感到不安全时，就要一只只叼着孩子离开，寻找新的住处。它常常会搬数次家。

事发时，我对母猫搬家的这种天性一无所知，在妻子悲天悯猫情怀以及不能见死不救的劝谕中，这一"突发事件"，最终以愤世嫉俗的猫和它的六个孩子住进了我的家而得以解决。这一结局是我无论如何也想

不到的。我把它们和那个箱子一起放进了卫生间。刚出生的小猫的确可爱！它们的眼睛还没有完全睁开，站立不稳，即使爬，也是东倒西歪，每天除吃奶，就是叠压在一起睡觉。令人惊奇的是这只同世界绝不妥协的愤世嫉俗的猫，它完全变成了另外一种样子！它变得非常美丽！它的目光不再阴郁，眼睛变得又大又亮，单纯而清澈。它不断转着头，好奇地打量着这个陌生而安全的空间，脸上的悲苦和怨恨完全消失了，洋溢着无以形容的温和与慈祥！那种安适文静的神情，只有经过了风雨跋涉终于回到家的人才会有。

　　除了吃喝、排泄，她终日待在那个不大的塑料泡沫箱子里，搂着她的孩子们。猫崽们偎依在它的怀里，用爪子抓，用头拱，抢奶吃，它便尽量把身子伸开，更多的袒露出胸膛，让孩子们都能吸吮到奶汁；小猫吃饱了，它就开始一只一只地舔，舔它们的身子，舔它们的排泄物。此时，它浑身上下散发出一种圣洁的光辉！一只愤世嫉俗的猫回归成了一只幸福愉快的猫，一只充满了爱的猫。

　　它的自尊心依然强烈，只是表现得有节制有教养。它渴望着到外边来，卫生间的门半开着的时候，它会试探着向外走，它出来，很自觉地待在窄小的走廊上，绝不越雷池一步。好像知道自己是寄人篱下，处处担着小心。有时，它忍不住走进客厅，我只需轻轻地哼一声，它便立即收回脚步，顺从地退回去。后来，它会一边向客厅迈步，一边看我，只要我看它一眼，它就急忙跑回去；再后来，它就完全打消了进客厅的念头。当孩子们长到能跑的时候，它经常跳到卫生间的洗衣机上，对着门发出乞求的叫声，它是在要求把门打开，让它的孩子们出去放风。六只毛茸茸的小猫还不懂得害怕，它们毫无顾忌地在各个房间撒欢、奔跑、追逐，跳到茶几上、沙发上，撕抓着沙发巾；母猫只是蹲伏在客厅与走廊的交界处，静静地注视着它们。有一次，我把一只小猫放在客厅的窗台上晒太阳，它自己想下下不来，喵喵直叫，母猫一下子立起来，两眼圆睁，两耳竖起，循声窜过去，可当它发现我走了过来，立刻跑回走廊，向我发出悲切的鸣叫求助,直到我把小猫放到地上。

　　小猫渐渐长大,爱吃猫食,很少吃奶,也不再依恋母亲的怀抱了。有一天晚上,六只小猫竟然跑到箱子(我已给它们换了一个大纸箱)上面残留下的一块窄窄的盒盖上,紧靠成一团睡着了,把母亲冷落在箱子里;母猫孤独地卧在那里,无奈而凄凉地望着她的孩子们。我把小猫一个个抓着扔在母猫的身上,她连忙一一搂在身底下,不断地舔着。

　　小猫长到一个多月的时候,就不耐烦母亲的舐犊之情了,母猫仍爱去舔它们。她用爪子按着舔,小猫打一个滚就跑了;她就用两条腿搂着舔,却常常搂不住,一搂一个空。母猫开始在狭窄的走廊里,教孩子们跳跃、捕捉,她蹲伏在门后面,猛地跳出来,轻轻地把小猫按住,再反转身带着小猫跳进门后。小猫并不跟她学,只愿戏弄母亲,它们拨弄她的尾巴、咬她的耳朵、抓她的腿。母猫躺着,半闭着眼,任它们闹腾。偶尔,一只小猫不知出于什么缘由会钻到它怀里,咬着她的奶头吃一阵奶,奶头被咬出血来,她也一动不动,任由它吸吮。

　　每次赶小猫们回卫生间都是一件很费事的事情,它们缩到沙发下,躲到柜子后面不出来。我先把母猫赶进去,小猫就会陆续地回去。有一天晚上,我像往常一样,要母猫进卫生间,可这次它没有听,而是身子伏地,两条后腿跪了起来,我去推它,它使劲据着地,扭过头,梗着脖子望着我;我用力推它,它突然猛烈地抽搐起来,脖子一伸一伸,马上就要呕吐的样子。难道它生病了?一旦死去,我如何面对小猫?我连忙打电话给宠物医院,说明是急诊,得到应允后,我把它放进一个纸箱里,开车赶去。不料,到了医院门口,我回头一看,它竟从箱子里钻出来,站在后座上,饶有兴味地望着车窗外灯火辉煌的夜景,哪里有一丝生病的样子!

　　莫非这只猫的智商达到了能够装病的高度?此后,这样的表演它又重复了几次,大都是在它不愿意进卫生间的时候,经我和妻子反复观察,终于证实了这是它表达拒绝的一种方式,或者说它是在委婉地

提出要求:让我的孩子们在外面多玩一会儿吧。

它最后一次作这种表达,是我们要将它和它的孩子们送走的时候。两个多月过去了,小猫已经断奶,可以独立生活了,我不能再喂养它们了。我一只都不想留下它们,少年时养猫的伤痛一直留在记忆的深处,尽管我们是那样的喜欢它们。本想把它们放到山崖下,这是一个很好的归宿,既可让它们享受大自然所赐的自由,又不至于饿死,我还可以每天看到它们。然而,一只野猫的变化,让我改变了主意。

在这期间,最早的那三只猫全部离散了,后来的那三只猫,有一只掉进附近的一个水池子里被淹死,有两只失踪了;现在,只剩下了两只猫。一天黄昏,有一只猫突然回来了,这是最早那三只猫中的一只,是与我最亲近的那一只,它常常缠绕在我的膝下,打滚给我看,让我给它挠痒。有一个晚上,它曾伴随着我和妻子在校园一起散步,走了很远的路。这次它流浪归来时,我几乎认不出它了,不是它肮脏不堪的样子,而是它的眼神和行走的姿态,它与剩下的这两只猫仍然很熟,亲热地拱着蹭着,可一见到我,它便警惕地跳到一边,露出尖利的牙齿,向我发出"呲呲"的威吓声。它的目光阴郁而凶狠,动作轻盈、快捷,一转眼就跑得无影无踪了。才短短两个月的时间,它究竟遭遇了些什么,人究竟对它做了什么,竟然让它变成了这个模样。一想到家里这些由我喂养大的单纯温顺、天真无邪的美丽小猫一旦放到这个世界上,势必也会变得如此肮脏粗野、对人充满了仇视和戒备,我就决心想一切办法给它们找一个新家。

终于联系到一个专门租了房子收养野猫的慈善人士,同意收养这些猫。我找了两个纸箱子,在上面戳了许多通气孔,放在走廊上。这天晚上,给小猫放风一直到很晚,它们兴奋地撒欢、追逐、厮打,莫名其妙地集体转着圈奔跑,有的还钻进纸箱子,从孔里伸出爪子与外面的猫打闹,这是它们玩得最欢畅的一次。只有母猫,似乎预感到了即将来临的命运,它整个晚上忧心忡忡,总用一种说不出来的眼光望着我,似乎在哀求我不要将它和它的孩子们抛弃。我对它说,明天给你们找了个好人家,有好吃好喝的。它又用力将身子紧贴地面,跪着后腿,扭着头,拒绝进卫生间……

　　第二天,我和妻子把它们装进箱子,送到了那个收容野猫的地方。这是一所小套二的住宅,一进屋子,就感到窒息,像是进到了流浪者的集中营,四周弥漫着一种诡异、不祥、动荡不安的气氛。一间不大的屋子里无声地活动着几十只野猫! 其中有断腿的、瞎眼的,在窗台上、破沙发上,蹲着、爬着、站着,很少走动。有几只也是两三个月大的小猫,既不跑,也不嬉闹,两眼无神,呆呆地卧在墙角,猫的生命里固有的那种勃勃生气已经丧失殆尽。尤其令人恐惧不安的是这些野猫竟然一点声响也不再发出,所有的猫都悄然无声,所有猫的动作都像是慢动作,我们如同置身于一部惊怵电影的慢镜头里,只觉得四周不是肉体的猫在行走,而是漂浮着从猫的肉体里逸出的灵魂。一瞬间,我非常失望,非常后悔,我想立即带它们回家! 与其把这些可爱的猫送到这个荒蛮禁锢之地行尸走肉一般的苟活,何如放它们到山崖下在天地之间任凭自然生死?

　　然而,我还是解开绳子,打开了纸箱盖,一只大猫慢慢踱过来,不怀好意地向箱子里张望。母猫显然闻出了野猫的气息! 她用爪子紧紧护住身下嗦嗦发抖的孩子,眼睛充满了恐惧和怨恨;它仰面向上,呲着牙,向着空中不断挥动着爪子,愤怒而又绝望地咆哮着……

　　这是一年多以前的事了。如今,山崖下还住着剩下的那两只猫,我已经不再关注它们了。其中一只,半年前被一种叫做绝户夹的夹子夹住了左前腿,那是有人嫌狗猫踩坏了他种的菜,故意埋在地里的。我要给它取下来,它带着夹子跑掉了,再看到它时,夹子没有了,左前腿的一半也没有了,露着骨头和肉。它不知道是人夺走了它的半条腿,依旧一蹦一瘸地向人讨食吃。有一次,也许是忘记了自己已失去了左爪,它举

起残余的腿骨去洗脸,却怎么够也够不到;它费劲地直立起来,再用右爪去洗,却很难立得住,只得匆匆抹两下就算了。

我一直没有去看望送出去的那七只猫。收养人在电话里说,那只母猫非常凶,吃独食,没有猫敢靠近它;它也不与人亲近。

这早已在我们的意料之中。毫无疑问,在度过那样一段如梦一般短暂而温馨的生活重回世界之后,这只卓尔不群的家猫更加愤世嫉俗了。

《北京文学》2010年第10期

初春,追念一位逝者

春天又一次来临,意味着春天千百年来的又一次积累。

黄色的迎春花在料峭寒风中报告了春天的最初消息,便寂然凋零。此时,校园里灿烂盛开的黄花究竟是金盏呢,还是连翘? 枯黄的草地,正被嫩绿夜以继日悄悄地一片一片地侵蚀着。很快,去年曾经展现过的绿色世界又会如期而归。不远处,湖边的柳树、柳条在一夜之间苏醒,飘荡起一团团黄绿色似有似无的薄烟。断崖下的杏花开了,栽下杏树的人已经走了。满树的白色小花和去年开的完全一样,白色的玉兰花,白色的樱桃花。不久,还有白色的梨花,红色的桃花,开放起来也和去年完全一样。

好像降临的不是春天,而是去年的回忆。

去年,也就是这个时节,我们在院子里相遇,看着满园如今年这般的景色,你说:很快就好看起来了。

今年,院子里很快又会好看起来了。可是,你看不到了。

被剪了枝的月季,只有靠近它们,才能看见枝干上已长出了紫红色的嫩叶。挺拔的叶茎,暗示着它一冬所积蓄的生命力量准备着再一次蓬勃开放。每年春天第一次开出的花,其硕大,其鲜艳,令人不禁发出赞叹。尔后,它会不断地开,花期延续至夏,至秋,直到严冬莅临。枝头上被骤然降温而终止了绽放的花苞,花瓣由边缘开始,日渐变黑,枯暗,却依旧执著地坚守着,即使四周落满了凄凉的白雪,也与几片灰青的

叶子一起挂在上面，决不落下。

我喜爱这花的顽强和持久。在残存的山崖下，我为它们剪枝、除草，清理坍塌下来的石土。你每一次经过，都会用温和而略带苍凉的声音亲切地叫我，然后走过来和我聊上一会儿。我们聊的大多是眼前的这些花。阳光，微风，喜鹊在头顶鸣叫，远处是隐约闪现的大海；空气中混合着泥土、青草和花的香味。有花，有人与你聊花，生活在这一刻突然展开了最沉静的一面，令人得失皆忘，万事俱足。

今年的某些时日，我还会去侍弄这些月季花。月季花仍然会不断地开，大红的、粉红的、紫红的、红白黄相间的，此落彼开，点缀着校园，如同往年一样。不一样的是，你不会再从我的背后走过，我只能在心里和你说说这些花了。

丁香、樱花、柿子、枣树、石榴……老师们在院子边边角角种的各种树木，都在等待着开放。丁香是这个院子里的第一棵树，是你和我一起栽下的。那是六年前的春天，我们刚刚搬来。我拉来两棵丁香树，坡顶的这一棵，就是你挖树坑，我栽下的。紫色的丁香花，迎着上坡，开在路的拐弯处，人们出去回来，一眼就能看见它。此时，它的枝条上只长出毛茸茸的叶芽，相信不需多日，就会花开满枝。

石榴是不是在春色褪尽之后盛开？杏树旁的这两棵石榴也是你移来的，山崖下这条狭长的园地，是你和妻子一点点整理出来的。我常常看到你们像花农一样蹲在树林草丛中细致地忙碌着，好像这才是你一生中最喜欢做的一件事。倔强峥嵘的石榴树枝干，灼灼欲燃的石榴花，年年初夏成了这残崖下摄人心魄的一景。而今栽树人已逝，最该看花的人已经不在。我不知道，当石榴花再开时，像火一样在燃烧的花朵，会不会感到寂寞和伤心。

植树栽花，大概是对生活关注的一种无奈转移吧——从教书生涯退回到大自然的慰藉之中。其实,20年以前,我们就曾一起与大自然亲密地接触过:在严寒的冬天到大海里去游泳。那时,你我正壮年气盛。在你的一再鼓动下,我从深秋开始,每天下午都抽出时间投身到大海里去,一直游到冰雪铺满了寂寥的海滩。你教我如何在岸上降温冷身,告诉我下海游一会儿会很舒服,提醒我一定不要恋水。我们穿着泳衣,并肩漫步在沙滩上,任冬天的风吹拂着裸露的躯体,竟毫无凉意。你说,你曾这样在自家的院子里,待一小会儿,就冻得受不了,为什么在海边会毫无感觉呢? 大自然真是奇妙啊。原本看起来让人不寒而栗的近乎自虐的冬泳,其实是全身心融入大自然的一种另类享受。沉浸在清澈无比寒冷彻骨的海水里,无论是肉体还是精神,都会真切感受到与喧嚣世界的彻底分离。尽管为时短暂,却是一种超凡脱俗的生命体验。在我的人生经历中,这样的体验,没有雷同。

这几年来,在对花对树的痴迷中,你能让自己的心与这个越来越喧哗的世界相隔绝吗? 而如今,你不需要这样做了,你已归入永恒的安静之中。然而,这些日子,清晨或者傍晚,站在春意渐浓的院子里,朦胧中,我仍会看到你飘忽的身影徜徉流连于花树草丛之间。

曾有若干个晚上,我们在花香四溢的校园里散步时不期而遇。在落英缤纷的樱花树下,在红花如盖的合欢树下,在清凉的喷水池旁,我们常常谈论一些并不轻松的话题。那是关乎大自然,关乎我们居住环境,关乎我们切身利益的事情。你不仅是一个言者,更是一个行者。你做了别人觉得应该做而没有做的事情,许多人为此而感念你。然而,今天当你的身影在校园里永远消失后,你曾为之奔走呼喊,如今或已实现或还在进行当中的,于你的意义又何在呢? 如果说,死的痛苦不属于死者,而是留给了生者。那么,死亡将降临在每一个人身上这一严酷实证所蕴藏的无穷奥秘,是不是死者给生者留下的永恒思考呢?

断崖依然荒凉着，崖顶的蒿草依然枯萎着，你栽下的那棵紧贴在嶙峋岩石上的藤萝依然没有泛绿。可是，春天已经不可遏止地回来了。只是不同的树木，不同的花草，因着它们信心不同，有的已满树怒放，有的尚含苞羞涩；有的已爆出新芽，有的仍枝丫光秃，毫无生命迹象。然而，或早或迟，春风会领它们到生命水的源泉。只是有时候需要耐心等待，等待着春天的拣选。在后的也可以成为在先的，只因你曾允诺过。

这无疑是生命走向永恒的唯一盼望。你终归是在纯美无忧的花木中走过你生命中的最后一段旅程，这些汲取了日月精华的花草树木，蕴涵着未见之事无可推诿的确据。它们会纪念你对生活的热爱和追求；它们曾像阳光像雨水一样，用大自然宽厚的爱抚慰过你生前的忧烦，也必在你所去的地方擦去你一切的眼泪。

——谨以此文纪念青岛大学史广安教授

《青岛日报》2008年11月3日

记忆中的途中风景

　　更多的风景是在途中看到的，如果我要再一次看它们，那只能是展现在记忆之中的风景了。不知道这样的风景是否还是我真实看到过的。也许，那只不过是我在远离那片风景之后的一种惆怅的想象。当风景与往事共存，这风景也就属于另一个时辰另一个地方了。

　　3月底，从哈尔滨去牡丹江，坐在沃尔沃大巴士上，山一直在跟随着你。这是经过了漫长的一冬的山，是远山，即使这山离你再近，也给你一种远山的感觉。它不似我家乡海边的山那样的峻拔，那样的张扬。它是起伏着的，不高不低，不急不慢，让你觉得这就是大自然对于感情的一种连绵的表达了。这优美的舒缓的起伏着的感情，组成了从容不迫的无声无息的旋律。在伏下来的坡面上，在与坡底相接的开阔地上，是密密的林子——那就是桦树林了。银色的树干在阳光下闪闪发亮，笔直的、密密的，形成了一片沉寂的势力。然后是密密的衰草，不，不是衰草，是直立着的高耸着的挺拔的草，也是一声不响，在等待，等着冬天尾声的消逝，等着春天来临的最后一次消息，准备着再一次蓬勃生长。

　　开始看这一切，好像这山，这原野，还有这寂寥的树和草是被我们抛弃被我们冷落了。可是，看着看着，才发现，被抛弃被冷落的不是它们，而是我们。这博大的永恒的沉静的大自然把我们扔到喧嚣着的转瞬即逝的城市里去，就不管我们了，以至我们在成长中，渐渐失去了对它的记忆，失去了对它的追念，不能与它共享这广阔的大地和天空。如今，即使我们走近它，也无法进入。即使进入，也不能融入。我们与它在

这个世界上相互抛弃,不再相认。今天,我只能坐在这豪华舒适的交通工具上,沿着这条光滑、平坦的一级公路,从它的沉默中强行而过,

积雪还在。对于我家乡的季节来说,这是经历了深秋,经历了整整一个冬天,又经历了初春的雪。在山坡的一面,低洼之处,寂寞的村庄边缘;在明丽的阳光下,在清澄的蓝天下,在蒿草之间。这已经坚持到了3月阳光之下的雪,残留在大地上,好像是要对周围的一切作出最后的阐释。然后,消逝。

有一片枯黄的叶子挂在枝头上竟然没有落下,这也是经过了一冬的叶子呵。在它旁边那翠绿的是衫树吗? 我不知道。我也不知道那片灰绿色是什么树林,不知道那片土灰色是什么树林,还有那片红褐色是什么树林我也不知道。山,不断临近,又走远;有树林一直与它同在。间或,在黑的土和黄的草之间,会看到一大片水洼,仍旧结着白色的薄薄的冰,泛着晶莹的光。水洼边有牛,黑色的牛,黑白花相间的牛,看不见村庄,也看不见人。黑色的土地,连接着山,山被树林所覆盖,起伏到远方……

冬天又一次要降临了。此时,当我从记忆中复原这辽远的途中风景时,在几千里之外的那片黑土地上,这风景还是另外一种样子。同千万年来一样,它又将经过秋,经过冬,然后,抵达春。那山,那树,那草,就会再一次展示自己古老的生命历程。这是大自然优雅而又寂寞的展示。这展示已经与我们无关,我们只是匆匆的旅人。

《青岛日报》2003年11月4日